本书受浙江省社会科学界联合会社科普及课题研究项目资助
［课题编号20KPD35YB］

吴 悦 著

梅边吹笛染词尘

——宋词中的杭州四时盛景

南京大学出版社

图书在版编目(CIP)数据

梅边吹笛染词尘：宋词中的杭州四时盛景 / 吴悦著. — 南京：南京大学出版社，2021.11
ISBN 978-7-305-25118-4

Ⅰ. ①梅… Ⅱ. ①吴… Ⅲ. ①宋词—选集 Ⅳ. ①I222.844

中国版本图书馆 CIP 数据核字(2021)第 242735 号

出版发行　南京大学出版社
社　　址　南京市汉口路 22 号　　邮　编　210093
出 版 人　金鑫荣

书　　名　梅边吹笛染词尘——宋词中的杭州四时盛景
著　　者　吴　悦
责任编辑　张婧妤

照　　排　南京南琳图文制作有限公司
印　　刷　南京玉河印刷厂
开　　本　787×1092　1/32　印张 9.375　字数 180 千
版　　次　2021 年 11 月第 1 版　2021 年 11 月第 1 次印刷
ISBN 978-7-305-25118-4
定　　价　48.00 元

网址：http://www.njupco.com
官方微博：http://weibo.com/njupco
官方微信号：njupress
销售咨询热线：(025) 83594756

＊版权所有，侵权必究
＊凡购买南大版图书，如有印装质量问题，请与所购图书销售部门联系调换

目　录

一　烟柳暗南浦 / 3

柳　永 / 5
　望海潮 / 7

苏　轼 / 19
　行香子·过七里濑 / 23

仲　殊 / 30
　诉衷情·寒食 / 31

刘　过 / 39
　六州歌头·吊武穆鄂王忠烈庙 / 41

俞国宝 / 50
　风入松 / 51

张　炎 / 62
　高阳台·西湖春感 / 65

二　孟夏草木长 / 77

张　先 / 79

山亭宴慢·有美堂赠彦猷主人 / 81
周邦彦 / 90
　　苏幕遮 / 91
杨万里 / 101
　　昭君怨·咏荷上雨 / 103
辛弃疾 / 110
　　念奴娇·西湖和人韵 / 113
文及翁 / 121
　　贺新郎·游西湖有感 / 122
吴文英 / 131
　　三姝媚·过都城旧居有感 / 133

三　秋思落谁家 / 145

潘　阆 / 147
　　酒泉子 / 149
柳　永 / 160
　　满江红 / 160
苏　轼 / 171
　　八声甘州·寄参寥子 / 171
杨无咎 / 183
　　水龙吟·赵祖文画西湖图,名曰总相宜 / 184
辛弃疾 / 190

摸鱼儿·观潮上叶丞相 / 190
韩 淲 / 201
鹧鸪天·兰溪舟中 / 202

四 晚来天欲雪 / 211

赵 鼎 / 213
花心动·偶居杭州七宝山国清寺冬夜作 / 214
姜 夔 / 223
暗香 / 226
周 密 / 239
法曲献仙音·吊雪香亭梅 / 241
王沂孙 / 252
法曲献仙音·聚景亭梅次草窗韵 / 254
陈允平 / 264
百字令·断桥残雪 / 265
汪元量 / 275
传言玉女·钱塘元夕 / 277

结语 / 284

参考文献 / 288

致谢 / 293

一　烟柳暗南浦

柳　永

词人小传

柳永,字耆卿,初名三变,崇安人(《历代诗余》及《词综》皆作乐安人)。柳永生卒年难以确定,学界比较一致的看法是生于宋太宗雍熙元年前后,卒于宋仁宗皇祐五年(约984—约1053年),生活于北宋真宗、仁宗时期,《宋史》无传。宋人笔记中记载柳永事迹尤多,甚至互为抵牾。即使其人不被主流官宦阶层接受,也难掩其词传播甚广、影响极大的事实,可以说他是当时最为闪耀的词人。

柳永的祖父柳崇,有儒名甚有官声;父柳宜,累迁至工部侍郎,柳永乃其第七子,又称柳七。出生于读书门第、官宦世家的柳永却于科举一途,甚为坎坷,仕途失意。《词林纪事》载其为举子时擅为歌词,为人放浪狭邪,教坊每得新声,必求其填词,歌者身价百倍,市井之人极为爱赏。一西夏朝官常言"凡有井水饮处,即能歌柳词",足见其流播之广。柳永词作"骫骳从俗",闻于禁内。待赴试时,特黜之,曰:"此人风前月下,好去浅斟低唱,何要浮名?且去填词。"柳永遂不录,激愤之下乃作《鹤冲天》一阕,词中有"忍把浮名,换了浅斟低唱",也是对自己所遭遇不公的抗诉。于是,竟自制"奉旨填词柳三变"一印,专力填词,恣意出入于酒肆歌坊之间。后更名为永,再入科场。景祐元年(1034年)得中进士,授睦州团练推官、余杭令等职后。磨勘转官任盐场大使,曾写下《煮盐歌》悲叹盐民生活的不幸与贫困。柳永官至屯田员外郎,世称柳屯田。身没后葬于枣阳县花山,柳永风流俊迈,传闻其家计无凭,众名妓筹钱下葬,冯梦龙《喻世明言》有小说"众名姬春风吊柳七"一则,即演其事。筹葬一事,可信性虽低,但却能够反映出柳永一生命运多舛的不幸遭际。

柳永词集传世者,有明吴讷《唐宋名贤百家词》本《乐章集》,明东壁楼抄本《柳屯田乐章集》等。唐圭璋老先生《全宋词》录存柳永词213首。近人校注本主要有薛瑞生校注《乐章集校注》(中华书局),陶然、姚超逸有《乐章集校笺》(上海古籍出版社)等,皆可供案头精读。柳永的代表作有《雨霖铃(寒蝉凄切)》《八声甘州(对潇潇暮雨洒江天)》《木兰花慢(拆桐花烂漫)》等。

望海潮

东南形胜⁽¹⁾,三吴⁽²⁾都会,钱塘⁽³⁾自古繁华。烟柳画桥,风帘翠幕⁽⁴⁾,参差⁽⁵⁾十万人家。云树绕堤沙⁽⁶⁾,怒涛卷霜雪⁽⁷⁾,天堑⁽⁸⁾无涯。市列珠玑,户盈罗绮⁽⁹⁾,竞豪奢⁽¹⁰⁾。

重湖叠巘清嘉⁽¹¹⁾。有三秋⁽¹²⁾桂子,十里荷花。羌管弄晴⁽¹³⁾,菱歌泛夜⁽¹⁴⁾,嬉嬉钓叟莲娃。千骑拥高牙⁽¹⁵⁾。乘醉听箫鼓⁽¹⁶⁾,吟赏烟霞。异日⁽¹⁷⁾图⁽¹⁸⁾将好景,归去凤池⁽¹⁹⁾夸。

词作题解

《望海潮》一词选自柳永《乐章集校笺·卷下》[①]。龙榆生先生《唐宋词格律》中有载,《鹤冲天》词牌始见《乐章集》,柳永此作当为创调之作。押平声韵,入"仙吕调",其定格107字,为宋人通用之正体,多吟咏地方风物人情。

这是一首干谒词,词作描绘了北宋杭州城的繁盛与富足,烘托铺排出一片歌舞升平的太平气象。据宋朝杨

---

① 柳永:《乐章集校笺》,上海古籍出版社,2017年版,第519-520页。

湜《古今词话》所引:"柳耆卿与孙相何为布衣交。孙知杭州,门禁甚严。耆卿欲见之不得,作《望海潮》词,往谒名妓楚楚曰:'欲见孙相,恨无门路。若因府会,愿借朱唇歌于孙相公之前。若问谁为此词,但说柳七。'中秋府会,楚楚婉转歌之,孙即日迎耆卿预坐。"[①]孙何曾任两浙转运使,柳永拜谒而不得,乃作《望海潮》。转交给一位歌妓,请其席间代为演唱,从而达到拜会孙何的目的。词中对杭州的富庶形容曲尽,同时暗捧孙何的政绩与治理能力。由此亦可推知,歌妓歌筵酒会上的演唱是宋词传播的有效方式之一。

词作注释

(1) 东南形胜:形容杭州城的地理位置位于北宋东南部,地理上具有极强的优越性。

(2) 三吴:古代历史区域的名称,东晋以后频繁见诸史籍笔记。广义上指代长江下游的江南一带,包含今江苏省、浙江省、上海市等地。狭义上指丹阳郡(今南京一带)、吴郡(今苏州一带)和吴兴郡(今杭州一带)。

(3) 钱塘:古县名,即今浙江杭州。公元前222年,秦始皇始设置钱唐县,隶属于会稽郡(郡治在今苏州市),至

---

① 杨湜:《古今词话》,《词话丛编》第一册,中华书局,2005年版,第26页。

隋朝置杭州,吴越国亦建都于此。

(4) 风帘:遮蔽门窗的帘子。亦有意指为酒旗、酒帘,故而聊备一说。翠幕:翠绿色的帷幕。此句"风帘"与"翠幕"对举,代指商户林立。

(5) 参差(cēn cī):差不多,大概。唐朝白居易《长恨歌》:"中有一人字太真,雪肤花貌参差是。"

(6) 堤沙:此处代指白堤。唐代白居易除杭州,筑堤西湖,引湖水灌溉农田,后人冠以"白堤"。云树绕堤沙:意指白堤两岸的树木如云一般茂密繁盛。柳永此词作于仁宗时期,其后苏轼于哲宗朝修筑西湖堤岸,名曰"苏堤"。

(7) 怒涛卷霜雪:此句描写八月钱塘江潮蔚为壮观的惊人景象。怒风挟卷着江水,奔涌而来,浪花腾涌如霜似雪。

(8) 天堑:天然形成而能隔断交通的险要壕沟。多指长江,这里借指钱塘江。毛泽东《水调歌头·游泳》:"一桥飞架南北,天堑变通途。"

(9) 珠玑:珍宝、珠玉,成语中有"字字珠玑"一语。罗绮:即"绮罗",华贵的丝织品或绫罗绸缎。杭州的刺绣名重一时,冠以"杭绣",现今被评为杭州市第一批及浙江省第三批非物质文化遗产项目。词中"珠玑""罗绮"对举,都是泛指珍贵的商品。

(10) 竞:角逐,互相争胜。豪奢:豪华奢侈。竞豪奢:

意指商人逐利,逞豪斗富,争相比拼琳琅满目而又奢华的商品。

(11) 重湖:相接相通、交相重叠的两湖。由于西湖湖中白堤将湖面分割成若干水面,故称之为"重湖",现今亦有"内湖""外湖"之称。巘(yǎn):属生僻字,音"演",意为大山上的小山。西湖的南、西、北三面皆环山,湖中亦有三岛,周围群山以西湖为中心,形成"重湖叠巘"的地形地貌。

(12) 三秋:词中意为秋季的第三个月,即农历九月。王勃《滕王阁序》:"时维九月,序属三秋。"另,《诗经·王风·采葛》中有:"一日不见,如三秋兮",此三秋指三个季度,古人以此代指九个月。

(13) 羌(qiāng)管:即羌笛,羌族的单簧管乐器,音色高亢。唐代诗人王之涣有诗"羌笛何须怨杨柳,春风不度玉门关"。"羌管弄晴",语序为"晴弄羌管","晴"名词作状语,意为在晴天。

(14) 菱歌泛夜:语序为"夜泛菱歌",与"羌管弄晴"对举。菱歌:采菱之歌,名词作动词,唱采菱歌。南朝宋文学家鲍照有《采菱歌》:"箫弄澄湘北,菱歌清汉南。"

(15) 千骑(jì):一人一马曰"一骑",千骑形容随行人员众多。高牙:高高举起的牙旗。牙旗,旗杆上装饰有象牙的旗帜,在军中则是主帅的象征,这里用以指代孙何。

（16）箫鼓：用箫鼓所演奏的音乐，以"箫""鼓"这两种乐器代指音乐。

（17）异日：他日、他时，有朝一日，终有一日。

（18）图：名词活用为动词，作图、画图。

（19）凤池：是凤凰池的简称，出自《晋书·荀勖（xù）传》："勖久在中书，专管机事。及失之，甚罔罔怅恨。或有贺之者，勖曰：'夺我凤凰池，诸君贺我邪！'"凤凰池原是晋皇宫禁苑中的池沼，此处引申为朝廷及其当权统治者。

词作赏析

之所以选这首词作为本读物开卷第一篇，缘由复杂，不如先从柳永的文学地位及影响说起。纵观两宋三百余年词史的发展，宋词的演进过程中有三次极其重大的变革。其中第一个变革即发生在北宋初。其时，包括潘阆、晏殊、欧阳修等诸多名家词作在内，始终未脱晚唐五代词人词作面貌，至柳永而为之一变。《四库全书总目提要·词曲类》言及柳永时，曾有一语："词自晚唐五季以来，以清切婉丽为宗，至柳永而一变"，斯可谓善言也。柳永善音律，有文采，常出入于歌栏酒肆之间，经常性地有意识地接触市井新声，从而创制了大量慢曲。词调创制数量之多，两宋词人无人能出其右，《望海潮》即为其首创。宋初之长调多是在市民阶层中流行的俗曲,按曲谱填词时,极需文人士大夫具备一定乐理知识。事实上,选用长调填词者寥寥可数,可以选用的长调词牌亦不多见。换言之,是柳永开创了从清新的小令增衍至促拍繁弦的长调慢曲的宋词新阶段。从音乐的角度来看,词体增衍至长调,其优点在于,比小令更能增显歌喉声情婉转之妙;从文学的角度来说,可以为词人提供更大的铺叙空间,词作篇幅的增加,使得词作可以通过渲染与勾勒的描写方式来增加表现力和感染力。李清照《词论》中谈及柳永有言:"变旧声,作新声"[1],即缘于此。

柳永活跃于北宋真宗和仁宗两朝的词坛,这一时期是北宋经济高度发展、文化极为繁荣的太平盛世。政治军事上,经澶渊之盟而中原罢兵,北宋朝廷的政局进入了相对稳定的历史发展时期,经济蓬勃发展,社会欣欣向荣。城市化建设展现出有别于汉、唐时期的都市商业化风情,都城汴京,南方都市金陵、扬州、杭州等地商肆林立、酒楼云集。市井阶层的娱乐生活日渐丰富,茶寮听书、歌馆观曲不一而足,商业娱乐市场的出现,使得整个社会呈现出一派前所未有的繁荣景象。同时,在宋朝统

---

[1] 李清照:《李清照集笺注》卷三,上海古籍出版社,2007年版,第266-267页。

治者的鼓励纵容之下,歌筵酒会之间借词侑觞。诚如词人小传中所言,柳永时常以词相赠,这也是社会风气的产物,享乐之风竟有愈演愈烈、不可遏止之势。处于这样的社会环境里,柳永乐于以一种自信自得的心态来不厌其烦地描摹目下的繁荣与快意的人生,将城市风光与市井人情一并熔铸于词中,字里行间充溢着一种意气风发、志得意满的满足感、优越感,生活于太平盛世的自豪自适之情也跃然纸上,笔下的都市风光甚至都带有一种热闹喧嚣的炽烈氛围。陈振孙赞其:"语意妥帖,承平气象,形容曲尽。"[1]柳永的创作,已然是不局限于歌宴之上的清歌佐欢的愉情之作了,反映社会风俗、都市生活时都可以词为媒,吟咏羁旅行役、贫士悲秋亦可借词喟叹(见后文《满江红·暮雨初收》),可以这样说,他拓宽了词的创作题材,推升了词的叙述范围。

宋词中都市词这一体类的产生,因为有柳永横空出现而先声夺人,这首《望海潮》即为其代表作。柳永极善描摹,行铺张扬厉之能事,甚至不惜笔墨地夸张绘就杭州美景。在创作上采取虚实交织、动静结合、前后对照等表现手法。同时,汲取汉大赋的写作技法,行文风格却又区别于汉大赋的晦涩难懂,形成了自己的独特面貌,因此被

---

[1] 上疆村民:《宋词三百首笺注》,中华书局,2016年版,第46页。

后世倚声家冠以"屯田蹊径"之名。

从整体上来品味,柳永在描绘杭州美景时,好似播放一部都市风景宣传片。词的上片开篇即云"东南形胜,三吴都会",这是从地理空间的角度,叙写杭州地理位置的优越性。好似从高空俯瞰不遗错漏地扫描,拍摄出一组长镜头画面,以宏观的俯视视角、由远及近地聚焦于神州大陆上这东南一隅之地。以"钱塘自古繁华"做结,从历史时间的角度,突出杭州城建制历史悠久,到如今繁华依旧,不输往昔。开篇12个字总领全词,凝练地筑成了时空交错的行文结构,没有古奥的文字,却能引起人去品味历史的沧桑与厚重。自此句以下,则开始全面具体地勾勒描摹,突显杭州魅力,一步一景,柳永尤其注重展示细节。"烟柳画桥"侧重于突出江南水乡的柔情,小桥流水、杨柳依依;"风帘翠幕"展现房屋建筑的雅淡,烟柳拂墙、帘帷着翠;"参差十万人家"叙写城市人口稠密,以人丁兴盛来侧面烘托杭州城市富庶。在中国古代社会,一个城市的繁荣程度与人口多寡正相关。《论语》中有:"近者悦,远者来",是远方国家的人来到自己的国度,与邻国保持友好关系,是增加人口的重要手段,亦有"修文德以来远人"的说法。农耕文明的社会里,人口的多寡是衡量一个国家、一个社会是否繁荣的重要标志,柳永准确地表现了当时历史社会的普遍情状和生态。柳永先将视角聚焦在城中景，随着场景的变换，他又把叙述的主体转向城外，这一部风光片开始由近及远地切换镜头，善于铺叙形成了柳永词作的最大特色。极目远望，"云树绕堤沙"描写西湖堤岸，"云树"与上文"烟柳"形成一种呼应关系，水边树木郁郁葱葱，云雾氤氲。烟水迷离，婉转曲折的温婉水乡的风致经过作者妙笔点染，生动直观地呈现在读者面前。"怒涛卷霜雪，天堑无涯"两句描写了波澜壮阔的钱塘江潮，从天涯的尽头，怒风排浪呼啸而来。八月观潮乃是钱塘古今一大胜景，令人心荡神驰、激荡不已。至此，城内外自然景观柳永已备足无余，随后又宕开一笔，转叙城市商业发展。"市列珠玑，户盈罗绮，竞豪奢"，扣住"珠玑"和"罗绮"两个细节，以小见大，侧面衬托出商业市场的繁荣，将商贾们斗富猎奇的心理通过"竞豪奢"三字一笔带出，渲染出市场商品种类繁多，琳琅满目，商业欣欣向荣的热闹场面。

从行文构思来看，词的上片侧重于对杭州的整体性地描写，而词的下片则选取了杭州的代表性景观——西湖，作为重点描写对象进行浓墨重彩的刻画，上下阕之间在写法上形成了点面结合的结构关系。"重湖叠巘清嘉"简练精确地勾勒了西湖周围的地貌特征，寥寥几笔即形容出西湖山湖掩映的清秀风光。提到"三秋桂子，十里荷花"不得不提起这样一则趣闻，引自南宋罗大经之《鹤林玉露》：

　　孙何帅钱塘，柳耆卿作《望海潮》词赠之云"东南形胜"云云。此词流播，金主亮闻歌，欣然有慕于"三秋桂子，十里荷花"，遂起投鞭渡江之志。近时谢处厚诗云："谁把杭州曲子讴？荷花十里桂三秋。那知卉木无情物，牵动长江万里愁！"余谓此词虽牵动长江之愁，然卒为金主送死之媒，未足恨也。至于荷艳桂香，妆点湖山之清丽，使士夫流连于歌舞嬉游之乐，遂忘中原，是则深可恨耳！[①]

　　"三秋桂子，十里荷花"，现在读来也不过是寻常言语，如何能引起金朝统治者完颜亮挥师南下的想法？这句话妙在能够激发读者对杭州都市生活的无限遐想，都市风光如何美，几曾得见？以能代表杭州的两种不同季节的典型花绘——桂花与荷花，来隐喻江南物象之盛，花光繁簇，寻常之物也能如此热烈明丽，衬出杭州风光烂漫、花团锦簇，这江南明艳多姿方才不负虚传。生如夏花之绚烂，柳永早已先得其声。

　　城市的美与城市的富，自然离不开城市中安居的人所产生的幸福感，人的发展是社会生活的主题。作者从城市景观美转向安居生活美，叙述视角因层层变换而不

---

① 罗大经：《鹤林玉露》，中华书局，1983年版，第241-242页。

显单一乏味。从"羌管弄晴,菱歌泛夜,嬉嬉钓叟莲娃"开始对北宋杭州市民娱乐生活的情韵多姿,一派歌舞升平的太平盛世情状进行热情洋溢的讴歌。前文早已提及,这是一首干谒词,必须要打动地方官孙何的心,对他最好的"恭维"就是赞颂其治下的政绩——百姓富足、四海无饥荒、风调雨顺,古代士大夫是极为爱惜自己的政声的。生活美的展现从娱乐生活中得到体现,"羌管弄晴,菱歌泛夜"采用互文的修辞手法,较为熟知的"秦时明月汉时关"即为互文,表明不论白天还是夜晚,日日夜夜湖面上都能荡漾着悠扬的竹管之音及甜美的采菱歌声,水边嬉戏清歌一曲,足见国泰民安百姓的幸福生活。考虑到词体写作上的平仄合韵,采用语句倒装。从字句上看,对仗极为工整,练字命意也极见功力。"千骑拥高牙。乘醉听箫鼓,吟赏烟霞",由市民阶层再写到达官贵族的享乐场景,一气呵成。宋代统治者宽待文人士大夫,向来不禁官员的享乐生活。孙何作为地方长官出游赏景,饮酒赏月,山水寄情,行止又威风煊赫,气派万千,俨然一副与民同乐的出行画卷。"异日图将好景,归去凤池夸",这里的"好景"当然就是指上文所写的所有美景,词人言及欲将此美景绘作画卷,经由品题后,再献给当朝统治者,一定会得到赞赏。这不得不说是对地方官员的赞美之词,这也是词作得到激赏使柳永被孙何接见的原因。

这首词的出色之处在于,行文笔法精巧,构思上匠心独具。叙述视角不断变换,勾勒点画之间,力求尽善尽美、全面详尽地描述杭州的富庶与繁华,令人目不暇接。词上片写从城里到城外,进行整体性的全面描述;下片写西湖及其市民生活,侧重于细节展现,选取有代表性的重要场景,使人印象深刻。层层铺叙,点面结合,带有三分自信、两分夸张、十分真挚的语调,娓娓道来侃侃而谈,却又不卑不亢。最后,柳永通过才华和情思叩门干谒成功,利用官员乐于邀名的虚荣心理打动了孙何。

至于柳永词中所表现出的"雅"与"俗"的两面性以及诸多词学名家的争论与批评,我们可以留待《满江红·暮雨初收》一篇的词作赏析中再说。

苏 轼

词人小传

苏轼(1037—1101年),字子瞻,号东坡居士,世家眉州眉山(今四川省眉山市)。苏轼继欧阳修之后,成为北宋中期的文坛领袖,与同为"唐宋八大家"的父亲苏洵、弟弟苏辙,合称"三苏"。苏轼在文学、艺术等领域中都取得了令人叹为观止的卓越成就,就文章而论,他汪洋恣肆、独具哲思的浪漫主义色彩的文风,使其与欧阳修并称"欧苏"。在诗歌方面,其清新雄健、内蕴深厚的风格奠定了北宋后期诗坛的发展趋势,与黄庭坚并称"苏黄"。填词则以诗为词,能"指出向上一路,新天下耳目"[1],用"词"这一文体来抒写"诗"所能言说的题材,以词言志推升了词的艺术境界,与南宋辛弃疾并称"苏辛"。在艺术领域方

---

[1] 王灼:《碧鸡漫志》卷二,《词话丛编》第一册,中华书局,2005年版,第85页。

面,苏轼擅绘画、工书法,尤其是行书、楷书都有极高的艺术造诣,与黄庭坚、米芾、蔡襄并称"宋四家"。可以说,苏轼天纵奇才,是两宋文化领域里的超级巨星。

从对中华文明的影响来看,毫不夸张地说,宋仁宗嘉祐二年(1057年)是最值得浓墨重书的一年。这一年的进士科主考官为欧阳修,参加科考的有:洛阳二程(程颐、程颢)、横渠先生张载,他们是中国历史上重量级的理学家;还有北宋党争的主要参与者,如章惇、吕惠卿以及来自眉山的苏氏父子三人,这些人一同登上了历史舞台。苏轼以一篇《刑赏忠厚之至论》得到主考官欧阳修的青睐而高中进士,从此一举成名天下知,是年他21岁。年少成名的苏轼,仕途之路并没有一帆风顺。苏轼因丁母忧,回乡守丧三年。嘉祐六年(1061年),参加应制科,擢为第三等。本应是一次迈入政治中枢的最好的时机,却因仁宗皇帝的崩逝(1063年)戛然而止了。宋英宗继位,他很仰慕苏轼,却因宰相韩琦以其年轻尚需历练为由而不予重用,仅授予凤翔府签判等一些地方政府的属官一类的官职。英宗治平三年(1066年),苏轼丁父忧,与苏辙一同返乡,待三年后(1069年,熙宁二年)重回汴京(今开封)时,神宗皇帝正启用王安石开展变法,史称"熙宁变法"。苏轼写下《上神宗皇帝书》,洋洋洒洒近万言,痛呈利害,未料却被视为旧党而卷入党争。熙宁四年(1071年),苏轼不堪政治倾轧自请外放,除杭州通判,后又知密州、徐州。元丰二年(1079年),苏轼改官湖州上《湖州谢表》,御史断章取义地曲解其所作诗文,被罗织谤讪朝廷的罪名而逮赴御史台,史称"乌台诗案"。苏轼终被神宗所赦而免于一死,被贬至黄州任团练副史,筑室东坡,自称"东坡居士"。

自被贬黄州之后,苏轼便开始了他浮浮沉沉、起起落落的宦海生涯,与北宋中后期的变法和党争相伴始终。王安石变法一直持续到元丰八年(1085年),神宗皇帝驾崩方才告终。继而,宋哲宗继位、高太后听政,将王安石所推行的变法全部废止,又启用司马光入朝秉政,史称"元祐更化"。苏轼遂复为朝奉郎,知登州,累迁至中书舍人、翰林学士,知贡举。针对时局的腐败现象向朝廷谏议,苏轼针砭时弊,却遭到旧党的攻讦,遂再度自求外调,知杭州。苏轼出于士大夫胸怀天下的气度敢于言事,却既不能容于旧党,又不能见容于新党,即使是被牵扯在党争里,他也从未相争,仅仅是坚持自己的操守与初心,追求道义与正义。元祐八年(1093年),高太后去世、哲宗亲政,重行新法,贬斥旧党,史称"元祐党争"。绍圣初年(1094年),苏轼移惠州,贬为宁远军节度副使。越三年,苏轼恬然自安,心中毫无芥蒂。又再贬至海南儋州,办学务农以教化当地百姓。及徽宗立(1100年),苏轼被赦乃还,建中靖国元年(1101年),北归途中卒于常州,赐谥"文忠"。

苏轼北归途中道经真州之时,写下了脍炙人口的《自题金山画像》,中有一句诗云:"问汝平生功业,黄州惠州儋州"。黄州、惠州、儋州是他的贬谪之路,也是他人生中三段影响最大的遭际与困境,贬谪之地越走越远,越贬也越蛮荒。苏轼在贬谪中却能够磨炼自己,居逆境而不颓丧消沉,以乐观向上的通达心态坦然面对,随遇而安,最终将对自己一生的评价都浓缩在黄州、惠州、儋州里,这是归于平静之后达到的一种超脱的境界,不执着于困苦又能够放下。苏轼是笔者最崇拜的文人,这篇小传大约也是整部读本最长的小传,也是出于自己的喜爱之情。然而,笔者所言所叙,只是苏轼一生中比较重要的一些生平事迹,仅仅为诸位贤达作简明扼要的介绍,更为详细的事迹可参阅林语堂先生所撰写的《苏东坡传》。

苏轼现存词集有明毛晋汲古阁刊《东坡词》,《疆村丛书》本《东坡乐府》,清徐积馀传抄天一阁旧藏明抄本《注坡词》等,《全宋词》录词362首。近人校注本有朱孝臧注、龙榆生笺《东坡乐府笺》(上海古籍出版社)、谭新红编注《苏轼词全集》(崇文书局)等可供精读。苏轼脍炙人口的代表作众多,有《念奴娇·赤壁怀古》《水龙吟·次韵章质夫杨花词》《卜算子·黄州定慧院寓居作》《贺新郎·夏景》《水调歌头(明月几时有)》《定风波(莫听穿林打叶声)》等。

行香子·过七里濑

一叶舟轻,双桨鸿惊。水天清、影湛[1]波平。鱼翻藻鉴[2],鹭点烟汀[3]。过沙溪急,霜溪冷,月溪明。

重重似画,曲曲如屏[4]。算当年、虚老严陵[5]。君臣一梦,今古空名[6]。但远山长,云山乱,晓山青。

词作题解

《行香子·过七里濑》选自朱孝臧先生编年、龙榆生先生校笺的《东坡乐府笺》[1]。据《唐宋词格律》中所引证,《行香子》,词牌名,双调小令,共66字,平声韵,音节流美。《过七里濑》,词作题名,苏轼于词中大量使用题序,加深对词作主题的理解,对词的表现内涵起到深化的作用。

七里濑,位于今浙江省杭州市桐庐县严陵山以西,江边两山对峙,连亘七里,水势湍急,江北岸的富春山相传

---

[1] 苏轼:《东坡乐府笺》,上海古籍出版社,2009年版,第3-4页。

为严子陵归隐垂钓处。该词填于宋神宗熙宁六年(1073年),苏轼第一次自请外放,除杭州通判。

词作注释

(1) 湛(zhàn):清澈透明。

(2) 藻:生长在水中的藻类植物。鉴:镜子,这里是指像镜子一样平滑的水面。藻鉴:这里指水藻丛生的清澈水面。

(3) 汀:水边平地。烟汀:烟霭笼罩的水边平地。"鹭点烟汀"与上文"鱼翻藻鉴"对仗。

(4) 屏(píng):屏风,原为用于遮挡、装饰的室内用具。

(5) 严陵:即严光,字子陵,东汉时会稽余姚人。年少时卓有声名,与光武帝刘秀一同游学,襄助其光复汉室,建立东汉政权。刘秀求贤若渴,多次征召严光出仕,曾授其为谏议大夫,严光却始终隐居不就,躬耕垂钓于富春山。

(6) 君臣一梦,今古空名:君是指刘秀,臣是指严子陵。这句话的意思是严子陵富春江上垂钓归隐也好,刘秀光武中兴也罢,都不过是空名过眼、一段梦幻罢了。

词作赏析

提到苏轼,人们极易联想到他横放杰出的豪迈之作,他所形成的有别于清新婉丽的词学风格,被后人冠之以"豪放词"。辛弃疾步武其后,以二者为名称为"苏辛词派"。"豪放"与"婉约"之分最早见于明代张綖《诗馀图谱》:"词体大略有二:一体婉约,一体豪放。婉约者欲其辞情酝藉,豪放者欲其气象恢弘。盖亦存乎其人,如秦少游(秦观)之作多是婉约,苏子瞻(苏轼)之作多是豪放。大抵词体以婉约为正。"[1]由此可见,晚至明代,"豪放"与"婉约"的区分和概念才被正式提出。反观宋代词坛,以其主流审美宗趣为批评标准,主要有二:一是词属于音乐文学的范畴,需要符合格律;二是歌以言情,恋情题材成了文人词作里的传统母题。宋代文人以此论词,讲求的是词作"本色当行",这才是词学正宗。如陈师道《后山诗话》论苏轼词:"退之(韩愈)以文为诗,子瞻(苏轼)以诗为词,如教坊雷大使之舞,虽极天下之工,要非本色。"[2]就是批评苏轼的词作背离传统,所批评的关键点是"词非本色",而非后人所极言之"豪放"与否。总之,以豪放评论

---

[1] 张綖:《诗馀图谱》,文渊阁四库全书本。
[2] 上疆村民:《宋词三百首笺注》,中华书局,2016年版,第81页。

苏轼词作的风格,则是在明代以后。即使人们称赏于苏轼豪放之作,甚至把它当作苏轼的代表性词风,将突破词律的束缚这一鲜明特征,作为苏轼为词坛所作的贡献之一,但也要注意到这样一个事实:苏轼在词史上留下的并不仅仅只有豪放词。苏轼存世词作中有大量清新蕴藉的闲雅之作,以辞情来看可以目之为"婉约词",这类词作的数量甚至超越了豪放之作。哪怕是不合格律的"句读不葺之诗",有些宜诵而不宜歌的婉丽小词,也别具一番特色。

鉴于词这一文体的音乐性特征、由歌女演唱的现实,词作的主题充斥着男女爱情,又加之以绮丽的语言特色,所填的小词难免有艳情成分。宋代词人对这一特性理解,逐渐形成"词为艳科"的认识。随着词体的演进、渐进地发展,词坛上并不是只有艳情词这样一种词学样式,经由晏殊、欧阳修等人的创作,词作开始向典雅清逸的风格特色转型,尤其是出现了一些山水隐逸词,开辟一条新的文学创作道路。北宋繁荣的社会生活滋生了一种徜徉于山水之间的休闲情绪,这种"愁来无方"的闲适寄情、吟风弄月式的山水享受体验,有别于苏轼的山水隐逸之作——苏词大大提高了这类词作的品格。苏轼的人文素养、精神品格再造了杭州自然山水,赋予其超越山水景观本身的精神内核,形成了作为载体的山水词所别具一格的人文精神内蕴,山水景观与人文景观相映成趣。

《行香子·过七里濑》创作于熙宁六年(1073年),苏轼因为不堪党争倾轧,自请外放,任职杭州通判。苏轼羁縻于官场,畅游于杭州的山川水泽之间,自然风光的秀美升腾起返璞归真、甘于平淡的心境,有着别样的美感特质与文化意趣。

词之上阕描写了富春江的清静澄美,富春江的静态美中饱含着力的张度。澄净的天空下,一叶扁舟,疾如飞鸿,掠过平静如镜的江面。惊起了江中鱼翻波浪,江上白鹭点水,由静景到动景。以一个"过"字总领"沙溪急,霜溪冷,月溪明",紧凑短促的词句点染烘托出舟行江中的速度,随着沿途风景快速地变换,行客旅途中亦有不同的感受。"过沙溪急,霜溪冷,月溪明"是上阕的点睛之笔,其中"急""冷""明"这三个字是形容富春江给人的不同风景体验,以景色感官映射了人生际遇的体悟。人生之中也有政局倾轧之急迫、人情的冷暖、度过困境之后的月明风清,不仅仅是发一己之私情,局限在自己的情绪体验与生活感悟里,情景交融中又带有对人生的普遍性的哲理思考。

词之下阕描写了富春山,两岸青山曲曲折折、连绵不止。勾起了苏轼对严子陵归隐富春山的联想,"算当年,虚老严陵。君臣一梦,今古空名。"如此江山秀景,当年的严子陵在此老去。而实现光武中兴的刘秀与隐居不仕的严子陵,早已烟消云散,消失在历史的洪流里,如梦一般不可追寻,所留下的也只不过是一场空名。富春江山水秀美的盛景古今略同,大自然才是亘古不变的。"但远山长,云山乱,晓山青",两岸青山依然耸立于江边,远山连绵不尽,山云飘浮无凭,青山空翠烟霏。上阕"沙溪急,霜溪冷,月溪明"描写生命的旅程如风驰电掣,下阕"远山长,云山乱,晓山青"描写的是不动如山般的山川景物,将瞬息万变的转换与大自然的永恒形成对比。这种"浮生若梦"转瞬即逝的思想并不是一味地消极厌世,而是在大自然的"不变"与人世万物的"变"的对照中,所进行的哲学式的辩证思辨,以求在山川景物中得到心态的平和与人生的超脱。联系到苏轼贬谪黄州时期,在《赤壁赋》中对"变"与"不变"的思考与感悟时,他认为:"惟江上之清风,与山间之明月,耳得之而为声,目遇之而成色,取之无禁,用之不竭,是造物者之无尽藏也,而吾与子之所共适。"[1]可以说,此时的论述正可视为其思想的萌发与先导。这种哲学体验并不是苏轼凭空而来,又或者是遭遇挫折后偶然得之,总是会有其思想形成的发展脉络可寻。他一直在思考、一直在体悟,不断完善又不断发展,最终

---

[1] 苏轼:《苏轼文集》卷一,中华书局,1986年版,第6页。

达到了一种宏大的精神境界。此时也许他的想法还不成熟,却是苏轼到黄州之后,形成思想大飞跃的铺垫。

全词以景结情,将人生的喟叹、哲理性的思辨都融入自然景物中,赋予山水词以历史的厚重感和深刻文化内核。众所周知,宋诗以言理为最大的特色,苏轼将"理"的阐述融化在山水词作之中,传统的小词也颇具隽永的意味,以诗为词又赋予其哲学生命。词体开始朝着文人化的方向发展,可以用来写宦海浮沉的际遇、人生志向及其追求等内容,这曾是"诗"才能表述的范畴。被视为"艳科"的小词,也因此有了独立的文学品格。到了李清照,更是旗帜鲜明地在《词论》中提出"词别是一家"的文学主张。词也不再是游戏之作,而是一种严肃的体裁。推尊词体、转变词风的首倡之功,当记苏轼一功。

本书另收有柳永《满江红(暮雨初收)》,也是描写富春山水的佳作,但二者的情貌却极为不同,亦可尝试进行对这两首词的比较阅读,以思索词作所具有的文化内涵的丰富意蕴。关于苏轼在词体的演进发展中的历史地位及其贡献,我们留待后文《八声甘州·送参寥子》一篇中词作赏析时再叙。

仲 殊

词人小传

仲殊,北宋诗僧,生卒年不详。姓张氏,名挥,安州(今湖北安陆)人,曾应进士科考试。年轻时放荡不羁,几乎被其妻毒死,遂弃家为僧,先后寓居苏州承天寺、杭州宝月寺。因时常食蜜以解毒,人称蜜殊;亦有人用其俗名,称他为僧挥。仲殊与苏轼往来甚厚,《东坡志林》中称其"能文善诗及歌词,皆操笔立成,不点窜一字"。宋徽宗崇宁年间自缢而亡。词集共七卷,名曰《宝月集》不传,今有赵万里先生辑本。唐圭璋先生《全宋词》[①]据此引录,亦有所增补,共收词46首,断句7句(不含存目词)。代表作有《南徐好》十首、《柳梢青·吴中》《南柯子·六和塔》《蝶恋花(开到杏花寒食近)》等。

---

① 词人生平参引唐圭璋先生主编之《全宋词》,略有增补。唐圭璋:《全宋词》卷一,中华书局,2009年版,第544页。

诉衷情·寒食

涌金门⁽¹⁾外小瀛洲⁽²⁾，寒食⁽³⁾更风流。红船⁽⁴⁾满湖歌吹，花外有高楼。

晴日暖，淡烟浮，恣嬉游。三千粉黛⁽⁵⁾，十二阑干⁽⁶⁾，一片云头。

词作题解

《诉衷情》，词牌名，乃唐之教坊曲，《金奁集》入"越调"，集中共两首词，皆单调，共33字，平韵中插入两仄韵。宋人用此调者极多，改为双调，共44字，上阕四句，下阕六句，各三平韵。

《诉衷情·寒食》选自唐圭璋先生《全宋词(卷一)》[①]。《寒食》，题名。寒食节在清明节前一两天，是中国唯一以饮食来命名的传统节日。寒食节最初名为"禁烟节"，每到初春时节，天干物燥容易引起火灾。古人就在这个时节将过去一年的火种全数熄灭，即为"禁火"。然后再又重新取火，同时举行祭祀活动，称为"改火"。为度过"禁

---

① 唐圭璋：《全宋词·卷一》，中华书局，2009年版，第549页。

火"与"改火"这段没有火源的日子,古人需要准备大量冷食,是故又称为"寒食"。"禁火节"转变为"寒食节",乃是缘于纪念介子推被焚于绵山。春秋时期,晋献公听信骊姬谗言,逼迫太子申生自缢而亡。晋公子重耳遂出亡,介子推割股为其充饥,重耳归国分封诸臣,介子推携老母归隐绵山。重耳曾亲至绵山,请介子推出山。介子推避居山中,不愿受封。重耳的谋臣为了迫使介子推出山而放火烧山,介子推宁可被烧死也始终未露面,最后抱着他的老母亲死在了一棵柳树下。重耳为纪念介子推,下令在其死难之日禁火吃寒食,这便是"寒食节"的起源。

词作注释

(1) 涌金门:杭州十大古城门之一,位于杭州城西。五代时期天福元年(936年),吴越王钱元瓘引西湖水入城,开凿涌金池,于此修筑城门。传说西湖里曾有金牛涌现,故而命名为涌金门。城门临西湖而建,其东面另建有一栋水门,从此涌金门成为杭州城内百姓到西湖游览时的必经之地。

(2) 瀛洲:列御寇著有《列子·汤问》,是书里虚构的一座海上仙山。中国古代神话传说中的海上仙山共有五座——岱屿、员峤、方壶(方丈)、瀛洲、蓬莱,五座仙山都浮于海上,随波浮流、各自西东,岱屿、员峤竟不知所踪,只留下方壶(方丈)、瀛洲、蓬莱三山。中国古代帝王以此比附,于禁苑中筑湖,常置三岛于湖上,以比海上仙山之意。这里的瀛洲是喻指西湖及其湖上诸岛如海上仙山。

(3) 寒食:见词作题解。

(4) 红船:画船。

(5) 粉:化妆用的白色粉末。黛:青黑色的颜料,古代用作女子画眉的化妆品。粉黛:以妆饰品代指年轻美貌的女子。白居易《长恨歌》:"回眸一笑百媚生,六宫粉黛无颜色。"

(6) 阑干:即栏杆,楼阁边或水边的遮拦物,这里用阑干代指亭台楼阁。唐代李白《清平乐》:"解释春风无限恨,沉香亭北倚阑干。"

词作赏析

仲殊集中《诉衷情》凡五阕,均为佳制,此首更是不可多得的精品,词中描写了寒食节时杭州城外游人如织的欢乐场景。本应是用以纪念介之推而寄托哀思的寒食节,在仲殊笔下却洋溢着畅意欢欣的氛围,杭州西湖的春景也变得迤逦多情起来。《唐宋诸贤绝妙词选卷九》赞其曰:"仲殊之词多矣,佳者固不少,而小令为最。小令之中,《诉衷情》一调又其最,盖篇篇奇丽,字字清婉,高处不减唐人风致也。"

词之上阕开门见山,交代词作中场景所发生的时间与地点。"涌金门外小瀛洲",他将西湖及其湖上诸岛的西湖风光比作东海仙山,形象生动地形容西湖美景盖世无双,魅力似人间仙境。仲殊描绘西湖风光,择取了一个特殊节日,形容其"寒食更风流",风流原用于人物的品评,赞扬其人有风度、仪表出众,有超凡脱俗之谓。"欲把西湖比西子",苏轼曾将西湖比拟为西施,仲殊词与苏轼诗有异曲同工之妙,都是运用了一种相同的修辞用法——拟人。贴切地描绘出寒食节时西湖作为百姓的游赏乐园,它所独具的风情万种的迷人的一面,足以让人流连忘返。"红船满湖歌吹,花外有高楼",动静结合,一动一静之间交织出西湖岸边花团锦簇,湖上丝竹歌吹不断的喧嚣氛围。"红船满湖歌吹"描写画舫中奏出的丝竹之声荡漾在西湖上,是一种音乐美的听觉享受,颇具动态美。"花外有高楼"是建筑美的视觉享受,采用建筑空间上的借景艺术勾画出西湖边的奇花异草,花开遍地、路随花远,远山花外尚有高楼。人目之所及的凝望,由近及远的视觉追踪与投射是静态的,描写动作却没有动作的运动状态,又能引起人的联想。温庭筠有词云"花外漏声迢递",曹植《七哀诗》里说"明月照高楼,流光正徘徊",其实高楼也好、春花也好,都与思妇分不开,这是向宋词道情传统无意识地变相回归。如前文所述,早期的词作中总是离不开闺阁意象,有"男子作闺音"一说。宋人将言情的功能交给小词来进行代言,诗歌居庙堂之高,几乎丧失"言情"的话语权,尤其是冶游之风或者是晏赏之乐的话语权。同样是面对西湖的歌舞升平,到了南宋时期,林升《题临安邸》一诗中写道:"山外青山楼外楼,西湖歌舞几时休。暖风熏得游人醉,直把杭州作汴州。"诗中讽刺南宋朝廷偏安江南,不思进取,丝竹鼓吹中的风流宴冶之乐,到了诗中则是起到了警钟长鸣的警示作用。再来看长调与小令的差异,依然是描写西湖声乐之欢,柳永《望海潮》之"羌管弄晴,菱歌泛夜,嬉嬉钓叟莲娃",在描写上更注重刻画细节的真实,有真实而又生动的画面的视觉感受;而"红船满湖歌吹,花外有高楼",却侧重于引起读者去破解词中的文化意象语码,采用动静交织的手法,烘托出湖畔花楼之美。这是一种美的感觉——含蓄隽永的审美意味,更需要读者参与解读,继而品味出这首小令所蕴含的不同的美感特质,可以说不同的读者有不同的审美体验。

下片"晴日暖,淡烟浮,恣嬉游",从季节环境入手,春光明媚,阳光和暖,湖上升腾起轻柔的淡烟,此时此刻恣意畅快的游春不仅应时更加应景。烟波上荡漾着画舫,远山迢递隐现高楼,湖中传来阵阵丝竹之声,一幅仕女游春嬉戏图才显得更为情辞饱满。"三千粉黛"突出了佳人之众,春日里香风阵阵,脂粉香夹杂着西湖岸边的花草清香,照应上文"红船满湖歌吹,花外有高楼"。"十二阑干"形容了西湖中可供游人观赏驻足的园林景观数量极多,美景并不是零星的一两处。"三千"与"十二"利用数字进行虚写夸张,烘托出了西湖盛景是满湖花开、美女如云、风流富贵的人间仙境。然而,仲殊将全词所有的富丽描写,前文所烘托出的一片繁华都收束在"一片云头"里。浮云毫无踪迹,无所凭依,倏忽来去,转瞬即逝,好似这富贵的欢乐窝一瞬间便如过眼云烟、随即烟消云散。全词中炫人眼球的畅意美景,最后却在一警语中结束,所有饱满的美好的画面瞬间散去,蕴含着荣华富贵难以持久这一深刻用意。仲殊将佛学思想融入词中,却又不失小词清丽婉转的美感。

这里需要特别指出的是,宋词中大量涌现出节序词,与宋朝处于太平盛世和宋人安于享乐的生活密切相关。每至节序必行宴饮,文人之间的交游唱和之作尤多。可供四时游赏的节日更是让人眼花缭乱,南宗张镃曾自编了一部游赏备忘录,与娱乐活动相关的节日种类数目繁多,竟达到了100多种。绝大部分的宋代文人士大夫将大量的笔力投注到对节日里的欢乐时光的叙写中去,亦极善于铺陈节日的娱乐气氛。甚至出现了按照节序分类编排的词集《草堂诗馀》,是南宋书商迎合应节而歌的需

要而编印一部词选,在佳节宴饮之时,可供歌妓应时选词演唱。如柳永笔下的清明节,词曰《木兰花慢》[①]:

> 拆桐花烂漫,乍疏雨、洗清明。正艳杏浇林,缃桃绣野,芳景如屏。倾城。尽寻胜去,骤雕鞍绀幰出郊坰。风暖繁弦脆管,万家竞奏新声。
>
> 盈盈。斗草踏青。人艳冶、递逢迎。向路傍往往,遗簪堕珥,珠翠纵横。欢情。对佳丽地,信金罍罄竭玉山倾。拚却明朝永日,画堂一枕春醒。

如果读者不了解这首词描写的是清明节,怕是要引起误会,以为是春节或者是元宵节。清明节乃祭祀祖先的传统节日,到了宋人笔下竟充满了人世间的游乐的兴味。北宋末年,画家张择端之《清明上河图》将汴京百姓的现实生活全部浓缩在了尺幅之内,这是令人惊叹的宋人乐于享受人生幸福的画卷。对宋人来说,节日永远都是用来纪念讴歌的,理应欢快地度过。相比较于宋代以前,唐人韩翃写《寒食》:"春城无处不飞花,寒食东风御柳斜。日暮汉宫传蜡烛,轻烟散入五侯家。"诗中反映的也是现实生活,也是一幅生动的长安风俗画,但是韩翃针砭时弊,讽刺了宦官专权以及当权者昏聩无能的黑暗社会现实。

---

① 柳永:《乐章集校笺》,上海古籍出版社,2017年版,第659-660页。

宋人安于享乐,到了元宵佳节,皇帝甚至也会与民同乐。《大宋宣和遗事》里曾记载过,一位妇人曾窃取过徽宗皇帝于宫门前置茶酒的金杯,虽然是小说家言,但也可以让人从侧面了解北宋的繁荣生活。对于宋人来说,过节日时要善于抓住节日的氛围来尽情享乐,没有机遇也要创造机遇来营造节日的气氛纵情享乐。这种沉湎于现世享乐生活的浮靡之风,于仲殊来说是"一片云头",繁华如梦亦如幻,他清醒地意识到繁华难以持久,忧患也许会随时降临。时局的太平繁荣急转直下,靖康之耻、南宋覆亡,是宋代词人心中的伤痕,面对这样的家国之变,南宋词人笔下的杭州又该如何呢?

刘 过

词人小传

刘过(1154—1206年),字改之,自号龙洲道人,吉州太和(今江西省太和县)人,南宋著名词人。刘过少有才志,但四次应举而不第。元代殷奎之《复刘改之先生墓事状》有记:"(刘过)少有志节,以功名自许,博通经史、百氏之书。通知古今治乱之略,至于论兵,犹善陈利害。"刘过尤喜言兵事,曾伏阙上书当朝宰相,言恢复中原之方略,不纳乃去。刘过困顿场屋,又不见用兵,遂浪迹于江湖,客食于诸权贵府邸以求官职,布衣一生始终未获功名。他与陈亮、辛弃疾、岳珂等人过从甚密,黄昇《花庵词选》、岳珂《桯史》中皆曾记述刘过担任辛弃疾幕客一事。刘过颇感建功立业无望,将满腔才情倾注于诗词创作中。南宋嘉泰三年(1203年),辛弃疾任职越地之时(今绍兴市),听闻刘过素有抗金之志,作书延邀其来绍兴商谈,事见岳珂《桯史》。刘过因故不能前往,遂作《沁园春》一首为复,

词曰:

斗酒彘肩,风雨渡江,岂不快哉!被香山居士,约林和靖,与坡仙老,驾勒吾回。坡谓西湖,正如西子,浓抹淡妆临照台。二公者,皆掉头不顾,只管传杯。

白言天竺去来,图画里、峥嵘楼阁开。爱纵横二涧,东西水绕;两峰南北,高下云堆。逋曰不然,暗香浮动,不若孤山先探梅。须晴去,访稼轩未晚,且此徘徊。

刘过当时因风雪所阻寓于杭州西湖,未能成行。词中假托三位因西湖留名的名士:白居易(香山居士)、林逋(林和靖)、苏轼(坡仙),劝自己不要离开杭州,以此回复辛弃疾,解释不能前来的原因。以文会友,词作独出机杼,立意新颖,又不失文人风韵。刘过援引此三人吟咏西湖之名句入词:白居易居杭时,雅爱灵隐天竺寺一带风光,诗有"东涧水流西涧水,南山云起北山云",词中"纵横二涧,东西水绕;两峰南北,高下云堆"即化用此诗意;苏轼曾写"欲把西湖比西子,淡妆浓抹总相宜",刘过便用为"正如西子,浓抹淡妆临照台";而隐居西湖孤山,自称梅妻鹤子的林和靖爱梅成痴,"疏影横斜水清浅,暗香浮动月黄昏"一联堪称警策,刘过则暗用其诗化作"暗香浮动,不若孤山先探梅"。全词贯穿诸多词人本事,用事精巧挥洒自如,亦属描写杭州西湖不可多得的佳作。故录之如上,简要分析一二。

刘过此词模仿辛弃疾词风,转呈其人更受到了被模仿人的激赏,是词坛一段佳话。辛弃疾不以刘过未至为忤,更延期再邀其前来一聚。二人唱酬往换,相交莫逆,刘过所填之词大多都效仿稼轩。居馆月余,临别之际,辛弃疾赠钱千缗以为求田资。然而,刘过不事经营,挥金如土,家徒壁立,贫困以终,殁后葬于昆山。后人因其词效仿辛弃疾,而将其与刘克庄、刘辰翁并称为"辛派三刘"。

刘过词集今流传者有:《疆村丛书》本《龙洲词》二卷、《补遗》一卷,毛氏汲古阁刻《宋六十名家词》本《龙洲词》并二卷为一卷等。1978年上海古籍出版社出版王从仁点校本《龙洲集》12卷,卷十一《龙洲词》收词87首。唐圭璋先生《全宋词》据《疆村丛书》本辑补,收词77首,最为可信。马兴荣有《龙洲词校笺》,江西人民出版社1999年版。刘过的代表作除了文内所选词作之外,尚有《贺新郎(弹铗西来路)》《唐多令(芦叶满汀洲)》《念奴娇·留别辛稼轩》《满江红·同襄阳帅泛湖》等。

六州歌头·吊武穆鄂王忠烈庙

中兴诸将[1],谁是万人英[2]?身草莽[3],人虽死,气填膺[4],尚如生。年少起河朔[5],弓两石[6],剑三尺,定襄汉(7),开虢洛(8),洗洞庭(9)。北望帝京(10),狡兔依然在,良犬先烹(11)。过旧时营垒(12),荆鄂有遗民。忆故将军,泪如倾。

说当年事,知恨苦:不奉诏(13),伪耶真?臣有罪,陛下圣,可鉴临(14),一片心。万古分茅土(15),终不到,旧奸臣。人世夜,白日照,忽开明。衮佩冕圭(16)百拜,九泉下、荣感君恩。看年年三月,满地野花春,卤簿(17)迎神。

词作题解

《六州歌头·吊武穆鄂王忠烈庙》选自《龙洲词》①。《六州歌头》,词牌名,共143字,双调慢曲。程大昌《演繁录》:"《六州歌头》,本鼓吹曲也。近世好事者倚其声为吊古词,音调悲壮,又以古兴亡事实文之。闻其歌,使人慷慨,良不与艳词同科,诚可喜也。"②鼓吹曲乃军中乐,曲调悲壮豪迈。《六州歌头》又以三字句为主,繁管促弦,曲拍急促,极适宜表达激越高亢的情感。

《吊武穆鄂王忠烈庙》为题名,一作《吊岳鄂王庙》。岳鄂王为岳飞(1103—1142年),以"莫须有"的罪名被冤杀,宋孝宗即位后为其平反(1162年),改葬于西湖栖霞

---

① 刘过:《龙洲词》,上海古籍出版社,1988年版,第1页。
② 转引自龙榆生:《唐宋词格律》,上海古籍出版社,2019年版,第73页。

岭。淳熙五年(1178年),宋孝宗追谥为"武穆"。嘉泰四年(1204年),宋宁宗时追赠王爵,封"鄂王"。鄂为鄂州(今湖北武昌),岳飞因收复襄阳六郡、平定洞庭湖水寨而进封为武昌郡开国公,寓其功绩"与鄂相终始"。

词作注释

(1) 中兴诸将:宋室南渡之际,抗金名将以张俊、韩世忠、刘光世、岳飞最为著名,稳定半壁江山,确保了南宋政权的建立,此四人被誉为"中兴四将"。

(2) 万人英:指万人之中首屈一指的英雄豪杰之士。

(3) 草莽:原意是指草丛,后引申为草野、民间,与"庙堂""朝廷"相对。身草莽:身居草莽,这是指岳飞出生于普通民间家庭。

(4) 膺(yīng):胸。气填膺:忠义之气充溢于胸。

(5) 河朔(shuò):古代历史区域名词,泛指黄河以北的广大区域。年少起河朔:指年轻时,岳飞在中原黄河以北从军抗金,同时注重联结民间的抗金义军,实施"联结河朔"的战略主张,报效国家的英雄事迹。

(6) 石(dàn):古代重量单位,一百二十市斤为一石。弓两石:指岳飞能开两石弓,形容他臂力惊人,孔武有力。

(7) 定襄汉:是指绍兴四年(1134年),岳飞在宋金对抗中,收复襄阳六郡的英雄事迹,这是日后北伐中原战略要冲。

（8）虢（guó）：地名，虢州，其辖境相当于现今河南省西部灵宝一带。洛：地名，洛阳。开虢洛：是指绍兴十年（1140年），岳飞以少胜多取得郾城之战的胜利，收复包括虢州、洛阳在内的黄河南北大片失地的英雄事迹。

（9）洗洞庭：绍兴五年（1135年），岳飞平定洞庭湖杨幺水寨的光辉事迹。

（10）帝京：即汴京城，今河南开封。

（11）狡兔依然在，良犬先烹：化用"狡兔尽，良狗烹"的典故，比喻为统治者鞠躬尽瘁，但是待功成之后却被无情诛杀。

（12）营垒：军营。

（13）诏：告知，多用于上对下发布诏令。先秦时，上级发给下级的命令文书称为诏。秦汉以后，专指皇帝的命令文书。不奉诏：秦桧、万俟卨等以不奉诏，有谋反之心等"莫须有"的罪名构陷岳飞，赐死狱中。

（14）鉴：古字作"监"，审查、监视。临：本意是俯视，从上往下看，引申为监视。

（15）茅土：古代天子分封王侯，用代表方位的五色土筑坛，按封地所在方向的颜色取土，再包以白茅，作为受封者得以立国建社的象征。"茅土"遂代指王侯的封爵。

（16）衮（gǔn）：衮服，古代天子祭祀时所穿的礼服。

佩：系于衣带上的玉质装饰物。冕：古代帝王及封建权贵在祭祀时所戴的礼帽。南北朝以后，冕专指皇帝的冠冕。圭：玉器名，古代天子及贵族朝聘、祭祀或丧葬时所用的玉质礼器。衮佩冕圭：指岳飞死后，宋孝宗为他平反昭雪，宋宁宗后又追封其为鄂王一事。

（17）卤簿：原本是中国古代帝王外出时所用的仪仗。汉代以后，各王公大臣出行时皆有卤簿，按照身份等级各有定制。后泛化释意为"仪仗队"。

词作赏析

刘过这首《六州歌头·吊武穆鄂王忠烈庙》，词风慷慨激昂、悲壮雄健，热情洋溢地赞颂岳飞的忠义气节和英雄事迹，强烈谴责了南宋主和派卖国的可耻行径，词作将叙事、议论、抒情三者结合在一起，易于引起读者的强烈情感共鸣。

词之上片追叙岳飞矢志抗金、报效祖国、收复河山的可歌可泣的英雄功绩。词之开篇以诘问起始："中兴诸将，谁是万人英"，直接引出所要歌颂的对象——岳飞，将情感推向高潮，有一往无前之势。紧接着四组三字句"身草莽，人虽死，气填膺，尚如生"，一气呵成、排宕而出，气势奔腾。"身草莽，人虽死"点明岳飞的出身寒微，也仅仅是普通乡野之民，结局却是冤死狱中。与首句"万人英"

式的诘问所形成的情感高潮对比,突出岳飞的功绩与身份和结局的不对等,郁积着一股悲愤之情。"气填膺,尚如生"是形容岳飞所独具磊落英豪之气,即使魂归九泉,也浩气长存,这是为后文追忆岳飞英雄功业作铺垫。"年少起河朔,弓两石,剑三尺,定襄汉,开虢洛,洗洞庭。"荡气回肠的句式,凝练概括地回溯了岳飞的生平事迹,年少从戎,军功彪炳的灿烂一生。句式上,以三字句为主,语势激烈,节奏极为紧凑,富有力度美。在情感抒发上,又完美贴合了抗金过程中,军队四处奔袭作战、军情紧迫的危机感。"北望帝京,狡兔依然在,良犬先烹",岳飞驻扎朱仙镇,收复汴京指日可待,却被十二道金牌召回,最后含冤而死。而金朝却依然盘踞在北方、虎视眈眈,但是忠臣良将遭到朝中主和派的构陷。现实情境急转直下,配合着句势的转换,高下相激之下,激起了无比愤慨的情绪。"过旧时营垒,荆鄂有遗民。忆故将军,泪如倾",但凡岳飞筑营与金兵鏖战之地的百姓,都在为他的死痛哭堕泪。当权者不顾国家大义与金兵议和,枉杀忠良。刘过将百姓与朝中当权者做对比,对岳飞之死的两种态度作暗比,使刘过在词之下阕暗讽当权者苟且偷生、安于一隅的可耻行径变得水到渠成,起到了很好的铺垫作用。词之上阕注重叙事与抒情的融合,刘过巧妙利用《六州歌头》词牌中的短促句式来增强叙事的情感张力,熔铸了一腔悲愤哀痛的强烈情感,激起了后世千万读者的情感共鸣,不由自主地会对岳飞产生同仇敌忾的崇敬之情、对当权者进行无情的抨击。

词之下阕以假想与岳飞的对话起手,并代拟作答,构思极为精巧,亦是汉赋笔法。"说当年事,知恨苦"体现了刘过对岳飞含恨而终的不幸结局,充满理解又心生无限同情。"不奉诏,伪耶真",这便是刘过的狡黠之处,明知答案却又故意发问,讽刺秦桧之流栽赃给岳飞"莫须有"的罪名。"臣有罪,陛下圣,可鉴临,一片心",是精忠报国的岳飞的肺腑之言,"君要臣死,臣不得不死",但是忠肝义胆的赤诚之心也希望宋高宗(赵构)能够体察。可是,事实上不是因为皇帝的昏聩无知,反倒是因为皇帝的授意才造成岳飞饮恨惨死的悲剧。刘过能够清醒地意识到始作俑者,不只是批判了秦桧之流的奸臣,更无情地嘲讽了皇帝的放任绝情与薄情寡义。"万古分茅土,终不到,旧奸臣",这是整首词的愤懑情绪的转折,奸臣能够横行一时,却不能横行一世,终究不会有好下场,历史会给予正确的评价。"人世夜,白日照,忽开明",指的是岳飞的冤案终被宋孝宗平反,沉冤得雪,迁葬杭州栖霞岭。岳飞是一名忠肝义胆的良将名臣,会由衷地感谢为他平反冤屈的人,"九泉下、荣感君恩"与"臣有罪,陛下圣"两者又形成对比,"荣感君恩"是肺腑衷肠,"臣有罪,陛下圣"是出于维护王权的假意认罪。二者是一直一曲,但是岳飞的忠义精神将千古长存。"看年年三月,满地野花春,卤簿迎神",是指每年农历三月,清明时节,百姓出于对岳飞的尊敬而来到岳王庙祭祀以寄托哀思。词之下阕夹叙夹议,刘过哀哀欲绝于岳飞屈死狱中,沉冤得雪时又热情赞颂。辞情饱满,时而痛心疾首,时而意气昂扬,一波三折、跌宕起伏,有很强的艺术感染力。

以词来吊谒岳飞,称为咏史之作亦不为过。整首词立意高远,即事抒情,不局限于一般的咏史诗中所抒发的穷愁潦倒的感伤情绪,而是从民心向背的角度进行对比,抨击南宋秦桧之流的议和派,甚至将批判的矛头转向当朝的最高统治者——南宋皇帝。人民对岳飞的怀念,被收复地区的百姓对岳飞的感激,才是最值得崇敬赞颂的感人至深的力量。清明时,野花开遍,百姓用迎神的仪仗队来悼念祭祀岳飞,正是出身于民间的岳飞精神永存的最好注脚。刘过一生都没有取得过功名,也没有获得过一官半职,虽曾上书朝廷建言收复中原之策,但却未被采纳,不得不漂泊于江湖。他心中却始终怀有抗金之志,勇于表达自己的政治倾向,这是身为文人士大夫的道义和责任。圣人常言:"达则兼济天下,穷则独善其身",刘过作为一介寒士不局限于一己之愤懑与穷愁,始终胸怀天下,尤其难能可贵。

"靖康之耻"是宋代有识之士心中的一道伤痕,出于对赵宋朝廷南渡偏安一隅的不满,绝大多数仕林人士都曾或激烈或幽微地表达自己的立场和心声,勇于揭露社会的浮靡现状,词作题材也就不再局限于北宋词坛早期的闲适基调。他们或借物言情,或借古讽今,将自己的才情都投入诗词创作中,词的创作解放得越来越彻底,表现的主题也越来越多。他们在词中振臂高呼,进一步扩大了词的题材选择,逐渐突破了格律的束缚,最终出现了以辛弃疾为代表的爱国词派。刘过被人誉为"辛派三刘"之一,其创作虽模拟辛弃疾,但也有不少独具自身创作特色的作品,本文就不再展开分析。爱国词派的形成与特色及其代表人物辛弃疾,将留待后文《摸鱼儿·观潮上叶丞相》再叙。

俞国宝

词人小传

俞国宝,号醒庵,江西抚州临川人。生卒年不详,1195年前后在世,大致生活于宋高宗到宋宁宗统治时期,宋孝宗淳熙年间为太学生。俞国宝是南宋江西诗派著名诗人,著有《醒庵遗珠集》十卷。唐圭璋先生《全宋词》据《阳春白雪》辑录其词共5首,存目词1首。俞国宝词情婉转流美、意境幽渺而饶有情致,颇有北宋词人词作遗风,其《贺新凉·梅》《瑞鹤仙·春山和泪著》亦颇为可观。况周颐认为其词清新谐婉,符合当时社会所流行的审美趣味,其于《蕙风词话(卷二)》有云:"俞(俞国宝此作)第流美而已……顾当时盛传,以其句丽可喜,又谐适便口诵,故称述者多。"[1]

---

[1] 【清】况周颐:《蕙风词话(卷二)》,上海古籍出版社,2009年版,第39页。

风入松

一春长费⁽¹⁾买花钱,日日醉湖边。玉骢⁽²⁾惯识西湖路,骄嘶过、沽⁽³⁾酒楼前。红杏香中箫鼓,绿杨影里秋千。

暖风十里丽人天。花压鬓云⁽⁴⁾偏。画船载取春归去,馀情付、湖水湖烟。明日重扶残醉⁽⁵⁾,来寻陌上花钿⁽⁶⁾。

词作题解

该词选自唐圭璋先生《全宋词》①。《风入松》,词牌名。双调,上下阕各四平韵,又名"松风慢""远山横"等。《风入松》相传为西晋嵇康所作之古琴曲,北宋郭茂倩《乐府诗集》载录唐僧皎然《风入松歌》,《风入松》的调名即来源于此。宋人据琴谱填词《风入松》,始见于晏几道《小山词》,又以其《风入松·柳阴庭院杏梢墙》为正体,共74字。

这首词填写于南宋孝宗淳熙年间,周密在《武林旧事》卷三中记述其事甚详,兹录如下:"一日,御舟经(西

---

① 唐圭璋:《全宋词(卷四)》,中华书局,2009年版,第2282页。

湖)断桥,桥旁有小酒肆,颇雅洁,中饰素屏,书《风入松》一词于上,光尧(高宗)驻目称赏久之。宣问何人所作,乃太学生俞国宝醉笔也。其词云:'一春长费买花钱,日日醉湖边。玉骢惯识西泠路,骄嘶过、沽酒楼前。红杏香中歌舞,绿杨影里秋千。东风十里丽人天。花压鬓云偏。画船载取春归去,余情在、湖水湖烟。明日再携残酒,来寻陌上花钿。'上笑曰:'此词甚好,但末句未免儒酸。'因为改定云:'明日重扶残醉,则迥不同矣。'即日命解褐云。"[1]

俞国宝此作之本事亦成了宋代词坛一段奇闻佳话。淳熙年间,太学生俞国宝在西湖断桥边的酒肆中题写此作,其词录于屏风之上。已是太上皇的宋高宗西湖游幸之时,行舟路过该酒肆。因缘际会之下,宋高宗看到了这首词赏爱异常,"称赏久之"。但是,宋高宗虽然认为这首词写得不错,但是过于酸腐,不够洒脱娴雅,故而亲自将词中"明日再携残酒"句改定为"明日重扶残醉"。俞国宝亦因此事得到了宋高宗的提拔,当日便获得了解褐授官的优待。

---

[1] 【宋】周密《武林旧事(卷三)》,中州古籍出版社,2019年版,第116页。

词作注释

(1) 长费:经常性地做某件事情时,耗费过多、花费过度。

(2) 玉骢:即玉花骢,泛指骏马。唐朝韩翃《少年行》有云:"千里斑斓喷玉骢,青丝结尾绣缠鬃。"

(3) 沽:买。李白《将进酒》:"主人何为言少钱,径须沽取对君酌。"

(4) 鬓云:女子头发浓黑似乌云。温庭筠《菩萨蛮》:"小山重叠金明灭,鬓云欲度香腮雪。"

(5) 残醉:饮酒后,人微醺略有醉态的样子,醉意残存。白居易《湖亭晚归》:"起因残醉醒,坐待晚凉归。"

(6) 花钿(diàn):古代女子的装饰物。或用作贴于额头上的花饰,形状繁多且新颖。也有用金、银等金属物制成花形的首饰,可贴于额前,亦能束于鬓发之上。白居易《长恨歌》:"花钿委地无人收,翠翘金雀玉搔头。"

词作赏析

南宋孝宗隆兴二年(1164年),南宋与金朝签订了"隆兴和议",暂时结束了双方长期对峙的紧张局面。此后近三十年几无战事,南宋朝局稳定,社会各方面都得到了极佳的发展机会。临安作为南宋都城,在北宋时早已初具规模,繁花似锦,此时和平安定的社会环境更是使得经济获得了前所未有的发展,城市愈加繁荣。江南山水本就秀丽无双,南宋大部分人民越发醉心于自然山水风光之中,湖边寻乐、花外问柳。权贵名门极尽享乐之能事,恣意欢愉,沿湖边兴建园囿、亭台楼阁,自然山水审美之乐与人文审美心理交相辉映。南宋人耽于赏乐,甚至发展到一年十二个月月月都可以找到寻欢晏赏的机会,西湖美景为全民狂欢提供了绝佳的场地。该词填于淳熙年间(1180年前后),词作真实地折射出了当时充满假象的和平繁荣的社会现实,同时也映照了社会之中全民狂欢的普遍大众心理状态。

　　在这同一历史时期里,我们若是可以试图寻找一位比较有代表性、说服力的文人来做比较甄引与说明,陆游应该是最为贴切的典型人物之一。大家应该都比较熟悉《临安春雨初霁》,故结合陆游的生平行迹以及他一贯的政治主张,作简要分析。陆游曾出使金国,"移民泪落胡尘里,南望王师又一年",对北方中原故地的北宋移民的生活、处境都有极深的了解。陆游诗中常常含有力图整顿河山的有识之士对耽于享乐的社会现实的批判,抒发对南宋朝廷偷安江南的灰心,对他们轻易放弃恢复中原大业的失望,又表达了渴望建功立业报效朝廷的志向以及壮志难酬的愤懑,等等。文人士大夫生平心志在诗中得到了充分的展现,这样一种宏大的社会理想和人生责任的情志抒发,传统古代文人历来会选择诗歌来吟咏抒情,正所谓"诗言志"。在志向的抒发和对社会的批判上,"词"是让位于"诗"的,在"词"中即使有对社会的谴责和对自身命运的哀叹也多以婉转寄托的方式来表达,过于强烈激荡的情绪的流露常常会被词论家指摘。因此,社会大众沉迷于享乐氛围之中,流丽多姿、婉转含情的叙写多让位于"词",愤懑潦倒、痛惜生平之志多承赖于"诗",全民享乐与狂欢的热潮的沉醉,用"词"来表达自是不遑多让。

该词题写于一间西湖酒肆的屏风之上,词之上阕借景吟咏直接破题。俞国宝采用以自我为中心的内视角,进行西湖春日游乐活动的审美关照。以游赏之乐为情感的基点,将西湖的美景烘托出来,热烈的情绪和春光无限的环境转化为视觉感官体验享受,以"春日游湖"的具体事件为线索,使得看不见摸不着的氛围具象化。同时,俞国宝将自我的形象消解在词作中,视角隐藏在整个西湖风光图的背后,在冷静客观的描摹中展现热闹的西湖春景。他没有对自己的形象进行一分一毫的描写,转而把具体的人物形象模糊处理,可是却又能通过氛围的烘托,驱使读者想象,便将自己湖边微醺、信马由缰、浪漫不羁的形象刻画得栩栩如生,跃然纸上。词中首句"一春长费买花钱,日日醉湖边","一春""长费""日日""醉"是这一句中须应重点关注的关键词。"一春"是言明时间之久,"长费"是叙及投入之巨,俞国宝从所花费的时间精力、经济花销这两个方面叙写春日游湖兴致之高。一般来说,经济花销与投入精力是成反比的,但是俞国宝即使花费再多也依然热情不减。"日日醉湖边",俞国宝"日日"饮醉,这当然是艺术的夸张,然而却透露了一个讯息:夜以继日、寻欢兴游,湖边寻乐没有因为财力精力的耗费而有半点削减,反而日日前去,乘兴而归。此句已极言赏乐宴游的热忱情绪,乐此不疲地沉迷其中,次句"玉骢惯识西湖路,骄嘶过、沽酒楼前",又翻出新意,独抒机杼。词中借写"马"实际上是为了突显"人",翻过一层,越描写越深厚。玉骢熟识西湖路是因为俞国宝常来此地游赏,连马都识途了。玉骢"骄嘶"是因为信马由缰,任马西东,不问归路,马自由惬意地径自走至酒楼之前。借玉骢喻人,它的娇纵适意带着俞国宝的情感投射,其实是他自己心情愉悦,情感上获得了满足。同时又借"玉骢"与"酒楼"构筑了西湖赏乐的基本场景,最终描绘出物我浑然一体的行乐画卷,融情于景表达了俞国宝对西湖春光的无限热爱之情,大自然将最美丽的"春景"留给了杭州西湖。西湖常客又何止是这一位太学生俞国宝,这也是众多文人士大夫乃至市井之民的写照。词之上阕短短四句词皆是场景铺叙，又能将游人沉醉在西湖里的欢乐氛围表现至此，实属不易。俞国宝将整个社会的"酣玩"现状都真实地搬演到了词中，侧面描写里运用了高度的艺术夸张，词作极富表现力。词之上阕以"红杏香中箫鼓，绿杨影里秋千"收尾，以景结情，含蓄婉转又留有艺术想象的空间。既会让人联想到宋祁之"绿杨烟外晓寒轻，红杏枝头春意闹"，又会让人联想到欧阳修"绿杨楼外出秋千"，陈与义之"杏花疏影里，吹笛到天明"等。这些俱是宋代词坛名家咏春之作中脍炙人口的佳句，江西诗派最善"点铁成金"，俞国宝作为江西诗派著名诗人之一，亦将此技法应用于词中。"红杏"与"绿杨"是春日里最具代表性的植物，蕴含着勃勃生机。"箫鼓"则点明春日里宴饮笙歌不断。"红杏香中箫鼓"一句之中将视觉、嗅觉、听觉三种感官交织在一起，有春游活动高潮不断、种类繁多，让人应接不暇之感。"秋千"时常暗示闺阁女子，苏轼曾有"墙里秋千墙外道，墙外行人，墙里佳人笑"。春回大地、万物复苏，绿杨深处有一位荡秋千的佳人，春日的美好吸引着闺阁女性走出绣房。中国是诗的国度，总有那么一句诗歌能够荡涤我们敏锐多感的神经，引起人的思维遐想，又使人回味无穷，只能感慨"古人先得我心"。试想，和暖的春风里漂浮着一缕缕若有若无的红杏花香，绿杨深处似有秋千轻荡，耳畔传来的是丝竹吹拉的断续之声。词中的信息点如何串联起来，考验读者再创造的想象能力。这就是艺术的留白，词作最动人之处。语言灵动巧妙，丝毫未见晦涩之气，又渲染了春日宴游的风情雅韵，很自然地过渡到下阕西湖春日游赏活动的叙写之中。

词之下阕"暖风十里丽人天"既与上文相照应，又是下阕对游春活动进行具体化的场面描写的过渡。江西诗派崇尚一祖三宗，推尊杜甫是他们诗歌创作的宗旨，描绘西湖春游无意中櫽栝了杜甫《丽人行》"三月三日天气新，长安水边多丽人"，然而终究是停留在诗之皮相。杜甫是以杨氏兄妹春游曲江讽刺统治者的荒淫无道，而俞国宝仅仅是以此来作为春日欢宴的场面铺陈，联系到"暖风熏得游人醉，直把杭州作汴州"的辛辣讽刺，作品思想性高下立判。"花压鬓云偏"，是对水边丽人进行细致的外貌描写。鬓发如云，湖边花开正好，撷花插鬓。"名花倾国两相欢"，花与人两相得，才不枉这十分春色。"画船载取春归去，馀情付、湖水湖烟"，又重新回到游湖的主题，俞国宝抓住了西湖泛舟的典型事件表现春情。湖上画舫花团锦簇，满载一湖春光缓缓而去。与词之上阕整体来看，湖边酒楼是西湖游乐图的主要活动场所，红杏、箫鼓、花香、绿杨、秋千、簪花压鬓的丽人是西湖春色群像，也是画船所载取的春光。本来是不易裁量的春光图谱，俞国宝却反其道而行，以无理之词呈现出春情春意的浓度。将

"春"这种物质化、虚像化的物事变成可以衡量、可以摘取的物品,亦可理解成俞国宝大胆地将最具西湖风情的春天,凝聚在最具代表性的游船之上——用特色典型来代替整体。将不可取量的吟咏对象化托在典型物品中还有一个比较知名的例子,即李清照的《武陵春》:"只恐双溪舴艋舟,载不动许多愁",别出心裁却又妥帖生动。"馀情付、湖水湖烟",代表着承载春情的画船随水而去,预示着春光终究会逝去,是向中国传统古代文人一贯吟咏的"伤春"主题的回归。鲜艳浓烈的喧闹场景最终以淡远萧疏做结,春归一去无迹,但春情缱绻,余情尚在,呼应伤春怨春的文学母题。在流光溢彩、热闹喧嚣的叙写中,补足了西湖游春中"雅"的一面。"明日重扶残醉,来寻陌上花钿",陈廷焯《白雨斋词话》有言:"结二句余波绮丽,可谓'回眸一笑百媚生'。"俞国宝的残醉既可以是酒醉,那么与上阕"日日醉湖边"遥相呼应;也可以是美景醉人、丽情醉人,那么与上文所构建的以红杏、箫鼓、丽人为春色的主体亦形成了紧密勾连。又约以明日游湖寻春,使得整首词意脉不断,更显今日韶光美好、情感惬意欢愉。俞国宝本写作"明日再携残酒,来寻陌上花钿",宋高宗认为其过于酸儒。宋人追求雅化的生活,情趣高雅、生活有格调有品位都是"雅"的一个部分。就好比宋人形容华贵的生活不是以财大气粗为标志,而是要体现一种清贵的气派,就有人曾举晏殊之"梨花院落溶溶月,柳絮池塘淡淡风"为例来表现富家风韵气派。可见,"明日再携残酒"不是句之不工,而是格调不雅。与上文"余情在、湖水湖烟"所转折而出的雅化美相矛盾,实际上也是消减了词之上阕那种信马由缰、任意而来的意气风发的风流少年的词人形象的树立,好似那样的忘情山水的词人是刻意勾画而来、不合常情常理。经宋高宗稍一改,则气韵浮动,摆脱了清寒穷酸之相。

该词的艺术特色在于构思精巧,又能引起读者的想象与共鸣,使人身临其境。一是以词人自身的叙述,来以小见大,将自我意识和自我情感全部投放到了西湖的场景氛围里,与其说是词人对西湖的无限热恋和赏爱,不如说是整个南宋临安百姓对西湖游春活动的热衷,是全社会化、全民化的狂欢热潮的缩影。二是词作结构完整,首尾有照应。词人是西湖边的常客,从醉游西湖开始,到构建活动场所、具象春色细节物事,再到画舫载春而去,脉络清晰。同时,用"醉"贯穿全词,以"醉游"开始,再以"重扶残醉"为约,首尾呼应又精炼异常,江西诗派大才写起小词亦是巨手。还有一点需要特别注意的是词体特性的问题,词里的批判精神与诗歌是有一定差距的,有时候无关词人本身是否有揭露现实的勇气。一直到清代常州词派"寄托理论"的提出,人们对词体的特性的认识一直存在着"诗庄词媚"的偏见,词作被视为难登大雅之堂之作,好似不流美绮丽就不会受人喜爱,表达社会问题、揭露社会黑暗都交给了诗文。词所应该承担的角色似乎就是"本色当行",语言近雅、音韵谐美的词作受到了特殊的偏爱,这是对词的主流审美集体无意识的体现。因此,批判性的激烈言语于词作中罕见,即使以文为词的辛弃疾其恣意奔放之作很少为时人所接纳,他含蓄沉郁之作亦非少见,词论家给予的褒扬之辞亦多,审美批评标准由此显见。

张 炎

词人小传

张炎(1248—约1320年),字叔夏,号玉田,又号乐笑翁。祖籍凤翔(今属陕西省),宋室南渡后居杭州,南宋末年著名词人。宋理宗淳祐八年(1248年),张炎出生于世代簪缨之家,家世煊赫。张炎的六世祖为张俊,南渡后掌管军事大权,与韩世忠、刘琦、岳飞并称"中兴四将"。因政见与宋高宗相投,受到了重用被封为清河郡王,死后又被追封为忠烈循王。在南宋一朝,张氏一门世代身居高位,生活之豪奢也让人触目惊心。张炎曾祖张镃为南宋中期名人,并且直接参与实施了"倒韩"事件。据周密《齐东野语》记载,张镃家中"园池声妓服玩之丽甲天下",家中举办的牡丹花会,一场演出出场的艺妓就达十人以上,每次出场的人也不一样,衣着服饰也不一样,如此豪奢令人叹为观止。与张镃、张鉴兄弟相交颇深的姜夔也曾记载张鉴出于对姜夔的欣赏,愿意赠予山林"以养其山林无用之身",张氏一门家宅田产之巨可见一斑。张炎的祖父张濡官至浙西安抚司参议,宋末率军镇守独松关。张炎的父亲张枢尤其精通音律,词学造诣极高,是南宋知名的格律派词人,参与组织形成了吟台词社,这是当时杭州词坛极为重要的词学组织。张炎在幼年和青年时代,或多或少地参与了吟台词社的活动,于辞章一道耳濡目染之下,受到了父亲及其词友的影响。张炎在锦衣玉食之中度过了他的前半生,诗酒流连与湖山清赏,是此时期他经常性参与的消遣活动。

南宋灭亡后,因张濡曾误杀元使,遭到车裂之刑,家产全被抄没。家逢巨变的张炎,一下子从贵族承平公子哥变成了破国亡家的落魄遗民。其行迹不出杭州、绍兴等地,与周密、王沂孙等宋遗民交游甚深。次年,张炎参与了这些遗民所发起的"乐府补题"[①]吟咏活动,痛心疾首地抒发了对南宋帝陵被盗掘的巨大悲痛。张炎因书画闻名江南,1290年受迫于元朝政府访求江南艺人写金字藏经,不得不北上元大都(今北京)。张炎与元政府不仅有亡国之恨更有亡家之仇,次年春,他便借病南归,并不愿屈从当权者,身怀着家国民族气节,从此也远离了政治旋涡。张炎的族叔入元后曾任高官,他却从未依靠过此人,

---

① 乐府补题的吟咏活动详见周密一节。

可见张炎对元朝的憎恶。南归之后,根据张炎的词序,知其多在杭州、宁波、苏州一带漫游,行踪不定,落拓而终,亦不知其殁于何时,茔冢设于何地。早年填词,张炎学姜夔词风,曾有《南浦·春水》一阕,雅丽深婉,冠绝古今,时人赠以"张春水"的雅号,张炎词作结集时,也以此词冠词集之首。南宋灭亡之后,他有感于身世浮沉,眼见山河破碎,词作中充满了家国衰亡之痛,哀怨苍凉却孤高自傲,不见半点消沉颓唐之色。张炎曾赋《解连环·孤雁》有"写不成书,只寄得相思一点",人遂称之为"张孤雁"。

张炎今存词集《山中白云词》,最初结集于元大德四年(1300年),由张炎自定结集,邓牧为之序。明清以来,有八卷本和二卷本传世。比较知名的八卷本有《四库全书》本《山中白云词》、《疆村丛书》本等,唐圭璋先生《全宋词》据此收录。二卷本有明代吴讷《唐宋名贤百家词》本《玉田词》、四印斋刻本等。今人的注释点校本有吴则虞点校《山中白云词》(中华书局,1983年版),孙虹、谭学纯《山中白云词笺证》(中华书局,2019年版),黄畬《山中白云词笺》(浙江古籍出版社,2018年版)。除本文所引述词作之外,张炎尚有《水龙吟·白莲》《忆旧游·登蓬莱阁》《月下笛·万里孤云》《渡江云·山空天入海》等。张炎另有词学理论专著《词源》2卷,上卷论音律,共14则;下卷论词体风格及填词方法,共 16 则。《词源》是宋代存世词话中最具理论色彩的一部,提出了"清空""骚雅"等词学主张。关于张炎更多详尽的研究,可参阅杨海明先生《张炎词研究》。

高阳台·西湖春感

接叶巢莺⁽¹⁾,平波卷絮,断桥⁽²⁾斜日归船。能几番游,看花又是明年。东风且伴蔷薇住,到蔷薇、春已堪怜。更凄然。万绿西泠⁽³⁾,一抹荒烟。

当年燕子知何处,但苔深韦曲⁽⁴⁾,草暗斜川⁽⁵⁾。见说新愁,如今也到鸥边⁽⁶⁾。无心再续笙歌梦,掩重门、浅醉闲眠。莫开帘。怕见飞花,怕听啼鹃。

词作题解

《高阳台》,词牌名,调名取自宋玉《高唐赋》,此调又名《庆春泽》。双调,共 100 字。北宋新曲,始见王观《高阳台·红入桃腮》。上下阕各四平韵,因此词格律谨严,素以之为正体。

该词选自吴则虞点校本《山中白云词》[①],张炎回到了南宋故都临安,借描写西湖春景寓君国之思,寄托了他亡国失家之恨。"亡国之音哀以思",词中字字血泪,令人动容。

词作注释

(1) 接叶巢莺:树叶枝繁叶茂,遮蔽着筑巢黄莺。引自杜甫诗《陪郑广文游何将军山林》:"卑枝低结子,接叶暗巢莺"。

(2) 断桥:西湖断桥位于杭州北里湖和外西湖的分水点上,白堤东端,西连北山街。断桥残雪是西湖十景之一,赏雪观景绝佳之地。

(3) 西泠(líng):西泠桥,杭州西湖内著名景点,位于孤山西侧。西泠桥西侧有钱塘苏小小墓,东侧另有西泠印社。

(4) 韦曲(qū):古代乡村的基本组织形式叫作"乡曲"。唐朝时有韦曲镇,位于西安市长安区,乃高门望族韦氏累世聚居之地,故名"韦曲"。

(5) 斜川:地名。位于江西星子、都昌二县,东晋大诗人陶潜曾于此作《游斜川》诗并序。

---

① 张炎:《山中白云词》,中华书局,1983年版,第2页。

(6)见说新愁,如今也到鸥边:人因愁而头白,鸥鹭也似乎因为深愁而白了羽毛,这是以鸥鹭白色的羽毛来比附人白发之愁情。唐朝白居易《白鹭》诗:"人生四十未全衰,我为愁多白发垂。何故水边双白鹭,无愁头上亦垂丝?"

词作赏析

张炎曾是王孙贵胄,前半生过着钟鸣鼎食之家豪奢生活,风流贵公子"乘肥马,衣轻裘",诗酒年华,畅游于西湖的湖光山色之间。围绕在他父亲张枢身边的,有众多南宋雅词派名家,如杨瓒、周密等,在家中建有"吟台"专供诗词唱和,形成了西湖最著名的词社之一——"吟台词社"。受到这些词友潜移默化的影响,张炎极力追摩周(周邦彦)、姜(姜夔)词风,致力于雅词的创作。他有一首著名的词《南浦·春水》,受到了时人的激赏,其词云:

波暖绿粼粼,燕飞来,好是苏堤才晓。鱼没浪痕圆,流红去,翻笑东风难扫。荒桥断浦,柳阴撑出扁舟小。回首池塘青欲遍,绝似梦中芳草。

和云流出空山,甚年年净洗,花香不了?新绿乍生时,孤村路,犹忆那回曾到。余情渺渺,茂林觞咏如今悄。

前度刘郎归去后,溪上碧桃多少。①

这首词笔触细腻,写景优美流丽,有一种和雅缠绵、熨帖含蓄的情韵。舒岳祥于《山中白云词》序有言:"叔夏(张炎)词有周清真(周邦彦)雅丽之思,画有赵子固(赵孟坚)②潇洒之意,未脱承平公子故态。"③可以说,这个评价独具慧眼,指出了张炎词作极其婉约清丽的美感特质。张炎早期创作中在情感表达上比较空泛,有"为赋新词强说愁"的倾向,只不过是富家公子的闲情之赋。刻意追求高雅词风,在语言上锻字炼句极为精美,大致不出雕琢填词技巧的雅玩习气,思想性相对较低。

若是张炎一直生活于锦衣玉食、悠游畅意的繁华环境里,我们甚至不难想象他的词风将会一直承袭南宋雅词的格调,追求雅玩情趣,更不会成为只要谈论宋季词坛就不能越过不谈的词学名家。1276年,南宋都城临安被元军攻陷,张炎的家被元军抄没,是年他29岁。这种巨大的山河惊变,使他不得不面对惨痛的人生悲剧,他一改往日娴雅舒缓词风变得凄厉悲楚、幽噎满纸,历史就是这么残酷。

---

① 张炎:《山中白云词》,中华书局,1983年版,第1页。
② 赵孟坚(1199—1264年),字子固,号彝斋。南宋画家,善画梅、兰,尤精水仙。
③ 张炎:《山中白云词》,中华书局,1983年版,第165页。

张炎经历了凄凉的漂泊生活后回到旧乡故园,他不止一次地穿梭在自己的旧家故苑之外,只能从邻舍窥探,伤情情绪自不待多言。再次重游西湖之时,他写下了这首《高阳台·西湖春感》,面对曾留下美好回忆的庭院,现如今已是满地青苔。昔日的青山绿水、玉砌雕栏,早已是光影难觅、一片荒芜。只有那些花草,默默地与西园一起共荣共寂,春来花还会再开,然而繁华却一去不再停留了。西湖在张炎眼里已经不是一个普通的故国名胜,反而给他带来了精神上的痛苦以及现实生活中避无可避的颓唐情绪。

词之上阕首先绘就了一幅季春时节的美景图,"接叶巢莺,平波卷絮,断桥斜日归船",风和日丽,黄莺正在叶下筑巢,轻柔的柳絮轻拂着湖面。夕阳下、断桥边,微波荡漾,湖上一艇小舟,倒桨而回。场景优美,充满诗情画意,笔调轻柔。然而,平缓疏淡的笔触里所铺写的情绪是"能几番游,看花又是明年",这样的季春美景,距离春去夏来、花谢花飞已经不远了,要想再看繁花簇锦得等到明年。春光将逝去的淡淡哀愁,依然还饱含着对明年赏花的希望,这是张炎情感上的第一次递进。"东风且伴蔷薇住,到蔷薇、春已堪怜",因蔷薇花的盛放而发出劝春光暂留的呼唤,春光一去便满目疮痍,盛放的蔷薇也随即凋零,移情作用而产生的顾影自怜的伤春情绪,这是张炎情感上的第二次递进。"更凄然。万绿西泠，一抹荒烟"，最让人感慨、倍感凄凉的是，春光还未逝去，单西泠桥畔绿树绕堤，烟霭之中满目荒芜，这是张炎情感上的第三次递进。词之上阕情景交融，平和怡人、温暖如煦的春光触及了张炎苍凉悲怆的伤心心事，形成了一种强烈的反差。经过三次情感递进，情绪上达到了伤悼悲痛的饱和点，一触即破，感人至深。但是，抒情上还是比较克制的，深得深婉曲折之妙，欲说还休，灵动随性自然水到渠成。

张炎的情感抒写一直都是缓慢递进的，有如一步一回头的美人，词之下阕逐渐走向了释放的高峰，不禁悲从中来，不可遏止。"当年燕子知何处，但苔深韦曲，草暗斜川"，是对"旧时王谢堂前燕，飞入寻常百姓家"的化用，但是却比刘禹锡还要凄厉悲情。刘诗之中的燕子尚得飞入百姓之家筑巢而生，如今的燕子却不知何去何从。山河满目疮痍，昔日王侯将相聚居之"韦曲"，可供前朝众多文人墨客吟风弄月风雅之地的"斜川"早已冷落萧条、不可寓目，连寻常燕子都不愿来此筑巢结窝。张炎隐射了元军侵占临安后，对城市的巨大破坏所带来的深重灾难，渐渐引入抒发亡国去家之恨的主题中来。"见说新愁，如今也到鸥边"，借写天地间遨游的鸥鹭，将自己的情感物化到不相干的人事物中去，写"无理"之思其实是极言张炎内心的愁苦，以反衬出他对祖国的深挚情感。"笙歌梦"

是当年在南宋朝廷庇护下的那段诗酒年华,然而现实生活里却要面对残酷的处境——家族倾荡、家产抄没、被迫北行等,轻裘肥马的欢乐时光也如梦幻一般不可追寻了,就算是梦中也不敢再续及往事。颓唐失意的情绪凝结在杯盏之中,不是酩酊大醉而是"浅醉闲眠",落魄中又符合张炎往昔南宋王孙权贵儒雅风流的个性身份。"莫开帘。怕见飞花,怕听啼鹃",张炎逃避现实而不得的无助与痛苦,却又无力挣扎的不知所措的惶恐,情绪表达全部浓缩在一个"怕"字上。在行文结构上,又暗合词之上阕所营造出的暮春的环境特征,首尾相接,以景起又以景结。这首词句法平稳,音律和缓,遣词清丽。张炎将他后半生的飘零落魄的情状展现得淋漓尽致,他始终活在悼亡故国、哀怨自身的悲伤里。

除此而外,张炎还有多首回忆西湖之作,如《渡江云·山阴久客,一再逢春,回忆西杭,渺然愁思》云:"新烟禁柳,想如今,绿到西湖。"《壶中天·客中寄友》云:"是几年不听,西湖风雨。"《木兰花慢》云:"西湖故园在否,怕东风、今日落梅多。"《南楼令·有怀西湖,且叹客游之漂泊》云:"问堤边、春事如何。"南宋覆亡之后,张炎笔下的西湖,既是自己的家园,也是南宋故都的象征,更是他无处安放的情感寄托。他常把个人的愁苦与国破家亡的悲哀交织在一起来写,词中充满了浓郁的黍离之悲和无可奈何的失落凄楚之情。张炎多采用寄托比兴的手法,抒写亡国之恨,家道沦落之悲,凄苦嗟叹着故园衰亡。

从张炎的词学观念来看,他曾在词学理论专著《词源》一书中提出"清空""骚雅""意趣"这样三个重要词学范畴。"词要清空,不要质实""不惟清空,又且骚雅"以及"清空而有意趣"是三个环环相扣的命题,在这样的词学观念的主导下,张炎词作格调高雅,典丽精美,深婉蕴藉,反对雕琢,追求自然。因此,他在词中所寄托的家国之恨,无所依托之悲,笔笔写来时却又高雅含蓄,婉转缠绵,很得严羽所说"羚羊挂角,无迹可求"的个中三昧。如若不是逐字逐句结合词人生平来分析,很难体会词中所独有的悲感。张炎的词作正是在这种精雕细刻的铺排中展现婉转含蓄的内敛风格,激烈的情感隐藏在凄婉的字面之后,笔调上于克制中反见凄凉。

不可否认的是,张炎在创作模式上过于单一,所写的景物不外是山水花草,情感抒写中缺少一种催人向上的内蕴力量,仅仅是一味地抒写自己的苦闷与哀愁、颓唐与悲观。如果不是对他的生平事迹极其了解的话,在体味他词中所蕴含的情感时,甚至会产生一种有隔阂的距离感。他既没有创作出像李煜那样的"性情愈真"式的作品,也没有像曹雪芹那样的"阅世愈深"式的作品。他缺少了李煜词中承担一切罪恶、悔不当初的扼腕之情,李词中对过往生活的哀叹与反思、对人世间的愧悔、对自己生命消磨的无可奈何,引起了读者的强烈情感共鸣,有着一种直接感动人心的力量。这是需要指出的张炎词作的瑕疵,虽然瑕不掩瑜,但是理应认识到这一点,方可全面理解其人其词。

二　孟夏草木长

张　先

词人小传

张先(990—1078年),字子野,浙江乌程(今湖州)人,北宋著名词人。宋仁宗天圣八年(1030年)中进士,与欧阳修同榜。尝知吴江、渝州、安陆等地,因此又称"张安陆"。宋英宗治平元年(1063年),张先以尚书都官郎中致仕。晚年寓居杭州、乌程一带,与苏轼、梅尧臣等文士唱酬往还,诗词自娱,至老而不衰,宋神宗元丰元年病逝。张先《宋史》无传,他的趣闻轶事极多,诸家笔记词话中亦多有记载,其生平事迹可参见夏承焘先生《唐宋词人年谱·张子野年谱》。

叶梦得《石林诗话》云:"子野能为诗及乐府(词),至老不衰。居钱塘,苏子瞻作倅时,年已八十余,视听不衰,家犹蓄声伎。"张先词风清丽婉约兼具含蓄细腻之美,清婉雅淡而又饶有风致。又极善于通过捕捉人物心理和幽微细节来描写闺怨,南宋范公偁《过庭录》有记:"子野郎中《一丛花》词云:'沉恨细思,不如桃杏,犹解嫁东风。'一时盛传。永叔(欧阳修)尤爱之,恨未识其人,子野家南地,以故至都,谒永叔,阍者以通,永叔倒屐迎之,曰:'此乃桃杏嫁东风郎中。'"张先词句新颖风趣,以此足见。张先词中有"心中事、眼中泪、意中人"被称为"张三中",张先却称其平生所得意之句为"云破月来花弄影""娇柔懒起,帘压卷花影""柳径无人,堕飞絮无影",人遂称之为"张三影"(事见《古今诗话》)。殊不知张先另有"隔墙送过秋千影""无数杨花过无影"等句,让人拍案叫绝,其擅于炼意而情韵独胜词作特质,可见一斑。

张先词集传世者,有明代吴讷辑《唐宋名贤百家词》,有《张子野词》一卷;另有清代葛鸣阳所辑《安陆集》一卷,附录一卷;《四库全书》据此收录,亦题名《安陆集》等。今人校注本有吴熊和、沈松勤《张先集编年校注》(浙江古籍出版社),邱美琼、胡建次《张先诗词全集(汇校汇注汇评)》(崇文书局)。张先的代表作除了书中所述之外,尚有《千秋岁·数声鶗鴂》《醉垂鞭·双蝶绣罗裙》《青门引·乍暖还轻冷》等。

山亭宴慢·有美堂赠彦猷主人

宴亭永昼喧箫鼓。倚青空、画阑红柱。玉莹紫微人⁽¹⁾,蔼和气、春融日煦。故宫⁽²⁾池馆更楼台,约风月、今宵何处。湖水动鲜衣⁽³⁾,竞拾翠⁽⁴⁾、湖边路。

落花荡漾愁空树。晓山静、数声杜宇⁽⁵⁾。天意送芳菲,正黯淡、疏烟逗⁽⁶⁾雨。新欢宁似旧欢长,此会散、几时还聚。试为把⁽⁷⁾飞云,问解寄、相思否。

词作题解

该词选自邱美琼、胡建次编著的《张先诗词全集(汇校汇注汇评)》[①]。《山亭宴慢》,词牌名,《张子野词》中注"中吕宫"。《安陆集》中又作《山亭宴》,调名无"慢"字。另有一首《山亭宴》(湖亭宴别),调位相似、句式相同。《山亭宴慢》《山亭宴》词调皆首见张先词集,或为自度曲。

有美堂旧址在杭州吴山东麓的山巅上,现位于吴山茗香楼处。嘉祐二年(1057年),梅挚知杭州,宋仁宗作诗《赐梅挚知杭州》有"地有湖山美,东南第一州"之语。为

---

① 张先:《张先诗词全集(汇校汇注汇评)》,崇文书局,2018年版,第26页。

表达对皇帝的感激,也是为杭州人民带来荣耀,遂修建有美堂,欧阳修作《有美堂记》。

彦猷,唐询其字,曾修起居注,授知制诰。后又外放杭州、苏州等地为官,一度累迁至右谏议大夫。

词作注释

(1)紫薇人:指唐询。唐宋时,称中书舍人为紫薇人。唐询曾任修起居注,官职等同于中书舍人。

(2)故宫:这里是指五代吴越国君钱镠在杭州凤凰山下所建之都城。钱镠(852—932年),五代吴越建立者。公元907—932年在位。杭州临安人,字具美,一作巨美,小字婆留。

(3)鲜衣:华服、美服。成语有"鲜衣怒马"。语出《史记·刘敬叔孙通列传》:"虞将军欲与之鲜衣。"

(4)拾翠:语出曹植《洛神赋》:"或采明珠,或拾翠羽。"古代女子常拾取彩色的翠鸟羽毛作首饰,后代指女子游春。

(5)杜宇:传说中为古蜀国开国国王,号为望帝。死后化为杜鹃鸟,亦称子规鸟。暮春时节,昼夜鸣叫,声音凄切。蜀人听见鸟鸣,都传言是望帝。王安石《将母》:"月明闻杜宇,南北总关心。"

(6)逗:逗引、招引。李贺《李凭箜篌引》有:"女娲炼石补天处,石破天惊逗秋雨。"

(7) 挹(yì):拿、取、牵引之意。杜甫《十六夜玩月》:"旧挹金波爽,皆传玉露秋。"

词作赏析

诸多论词名家论及张先时,或有意或无意地会将其与同时代之柳永相比较,并将此二人并称。许是柳永是他所处的那个时代填词之人所绕不开的标杆,即使柳永的词作会被同时代的文人士大夫诟病,也难掩其风华。晁补之《诗人玉屑引》有云:"子野与耆卿齐名,而时以子野不及耆卿,然子野韵高,是耆卿所乏处。"[1]这是从风格论的角度,论述张先词作中所体现出来的意韵高远的总体情调特征是优于柳永的,我们可以从这首《山亭宴慢》体味一番。

词之上片张先从环境声音入手,"宴亭永昼喧箫鼓",在这样漫长的白天里,有美堂的宴饮伴随着丝竹箫管的演奏终日未绝。抓住远处悠扬的箫鼓声这一细节,来侧面烘托出热闹的欢宴气氛,这是一个远景镜头,却先声夺人,给读者以听觉感受。"倚青空、画阑红柱",宴饮中的人物依然没有露面,张先将叙述视角聚焦在宴饮场

---

[1] 上疆村民:《宋词三百首笺注》,中华书局,2016年版,第10页。

所——有美堂上。晴空万里之下、青山之上,有美堂画阁红阑金碧辉煌,四周草木茵茵。这是张先目之所见,利用色彩的对比进行视觉冲击,以现代人的审美眼光来看,绝对可以算得上是视觉撞色。从听觉和视觉两种感官体验进行铺排,以衬托有美堂宴饮之人超然的身份地位。"玉莹紫微人,蔼和气、春融日煦",正面描写唐询,因他曾任起居郎中称之为"紫薇人"。君子素来以玉比德,张先称赞唐询德行高尚,为人又宽和有礼,使人如沐春风。以玉比附,是对古代儒者最高的礼赞,也符合赠词的文体风格与要求。"故宫池馆更楼台"一句,以五代时期吴越国的故城代指杭州,描写了城市的繁盛,楼阁连苑鳞次栉比,娱乐生活又丰富多彩。李煜词中曾有言"凤阁龙楼连霄汉",以之来形容宫室之富丽堂皇,张先亦用此法,同时照应了上句"画阑红柱"之语。"约风月、今宵何处"运用了《南史·徐勉传》"今夕只可谈风月,不宜及公事"的典故,正所谓"真名士自风流"。宴饮通宵达旦,但丝毫无损于词人们风流潇洒的儒雅形象。城市繁荣稳定,杭州又有第一州的美誉,使得宋代文人享乐之风极盛,白日欢宴还未结束,就又开始思考入夜后如何消遣清欢。"湖水动鲜衣,竞拾翠、湖边路",水边佳人衣着光鲜、容貌姣好、妆容出众。杜甫《丽人行》诗中有"三月三日天气新,长安水边多丽人",而曹植笔下《洛神赋》中描绘洛水之滨则言"或戏清流,或翔神渚,或采明珠,或拾翠羽"。张先没有直接写歌女的容貌、歌舞、曲艺,却隐约勾勒出这些女子的才情。他将杭州入夜后,这样一场男女约会的风流佳事,写得婉转含蓄却又意蕴高妙。这也从侧面烘托出宋代文人虽流连诗酒,但并不是沉迷于男欢女爱,而是追求一种清隽高雅的情趣。

词之上阕围绕着宴会的欢愉展开叙述,词之下阕张先将词中的情感挑明,与欢宴寻乐形成了强烈的反差。下阕第一句"落花荡漾愁空树",起句极为突兀,与上文形成转折。既点明季节时序——春末夏初,又通过繁花落尽的场景聚焦,连树上都弥漫着愁情,盛极而衰的失落情绪扑面而来。"晓山静、数声杜宇",杜宇就是杜鹃鸟,也叫子规鸟。李白诗中有"杨花落尽子规啼",杜宇啼声凄楚,寂静的山中时而传来几声鸟鸣,更显哀切。这又是一处声音的描写,用杜鹃哀鸣来牵引起读者的愁思。"天意送芳菲,正黯淡、疏烟逗雨",再次突出时序,进一步铺陈。白居易诗中说"人间四月芳菲尽",春已逝、天将暮,寂寥之中又见烟霭迷蒙,微风吹过夹杂着雨的气息,暮雨将至,风雨欺花、美景不再。晚清常州词派大词人张惠言亦有《水调歌头》曾言:"晓来风,夜来雨,晚来烟。是他酿就春色,又断送流年。"极言这风风雨雨、雾霭轻烟断送了春光,可谓沉痛之致。"新欢宁似旧欢长,此会散、几时还聚",张先从韶光易逝想到欢乐短促,这次聚会之乐再也不似过去的聚会那般快乐、那般长久,因为马上终将分离,唐询即将离任而去,更不知何时能够重聚。如果说词之上阕是"赏心乐事",那么下阕便是"怨别伤春"。这种转折是张先对物候、对时序的强烈的敏锐感知力所造就的,可以体会到张先在纵情狂欢的诗酒年华里,对时光的流逝、人生苦短有着细腻的感触。聚会是短暂的,分离之期转眼就要来临,乐中含悲。当然,更可以从"新欢转眼会变成旧欢"这样一种角度来进行另外一种理解,随着时间的流逝,所有的"新欢"终究是会变成"旧欢"的,那么不管是现在的"新欢"还是不断成为追忆对象的"旧欢",都将成为我们不可回避的悲哀。"试为把飞云,问解寄、相思否",词之末句借景抒情,把自己对终将分别的唐询的思念,寄托在了天空的飞云里,请"飞云"寄出自己的离情与不舍。张先营造出了一种无法言愁的客观情况却又要表达情绪的主观情感的矛盾意境,于不合理处痴言更不合情理的念想。构思精巧,借云传情,异想天开却又无理而妙。毛滂《惜分飞·富阳僧舍代作别语》中有:"今夜山深处,断魂分付潮回去",将自己的心神交付给江潮,送给相思之人,可谓异曲同工。

上文亦言及同时代的文人将张先与柳永并称,二人各擅胜场。柳永精通音律,创制了大量的慢曲;张先创制词调的数量虽不及柳永,但是也有不少词调于《张子野词》中首见,如《行香子》《山亭宴》等。张先的慢词与柳永的慢词的差异体现在表现方式上:柳永擅长铺陈描摹、直陈其事,不厌其烦地进行夸张铺叙;张先的慢词在铺叙中善于凝练,或化用一个典故、或化用诗意,精巧处见朦胧美。夏敬观老先生曾论述说:"子野词凝重古拙,有唐五代遗音。慢词亦多用小令作法。"可以说,他的词作是规模更为庞大的小令,故而词作显得含蕴蕴藉、情韵婉转。在词的发展上,张先起到了承前启后的历史作用。陈廷焯论及张先曾言:"张子野词,古今一大转移也。前此则为晏(晏殊)、欧(欧阳修),为温(温庭筠)、韦(韦庄),体段虽具,声色未开。后此则为秦(秦观)、柳(柳永)[1],为苏(苏轼)、辛(辛弃疾),为美成(周邦彦)、白石(姜夔),发扬蹈厉,气局一新,而古意渐失。子野适得其中,有含蓄处,亦有发越处。但含蓄不似温、韦,发越亦不似豪苏腻柳。规模虽隘,气格却近古。"[2]张先属于北宋早期词人之列,他是推动词风转变的关键人物,继承晏殊、欧阳修所代表

---

[1] 柳永的生卒年约在987—1053年,晏殊生卒年为991—1055年,欧阳修生卒年是1007—1072年。从生卒年上来看,张先与此三人差不多为同时代之人。陈廷焯论此三人之顺序,并不是以生卒年的先后为序,而是以创作风格与唐五代词人的创作风格的相似度为标准来论述的。
[2] 陈廷焯:《白雨斋词话》卷一,人民文学出版社,1959年版,第11页。

的晚唐五代的词风又融入慢词的铺叙手法。北宋早期的词作都有一个特点：寓情于物，通过描写事物来抒写情感，比较有代表性的名句很多，比如唐朝温庭筠《菩萨蛮》"小山重叠金明灭，鬓云欲度香腮雪"，南唐李璟《摊破浣溪沙》"菡萏香销翠叶残，西风愁起绿波间"，欧阳修《踏莎行》"候馆梅残，溪桥柳细，草熏风暖摇征辔"，等等。词人言情体物，极其注重对物象的刻画，从一系列具体的事物中引起所要感发的情绪。这种写作方式，上可以追溯至《诗经》，诗六艺之一曰"兴"，即"先言他物以引起所咏之词"，其事一也。情感的抒发是离不开外物的，柳永所作亦是如此，以致不厌其烦地铺排比附，备览无余。然而，张先不止在篇幅短小的小令中描写深情时，极擅于突出所描摹的对象的"神韵"，而且将小令的这种写法转移到慢词的填写技巧里，显得含蓄蕴藉、韵味无穷，这种写作方式可以称为"遗貌取神"。自古以来，诸多词论家津津乐道张先"三影"之名的由来："云破月来花弄影""娇柔懒起，帘卷压花影""柳径无人，堕飞絮无影"；张三中之谓"心中事、眼中泪、意中人"等，这些都是超脱了事物之"象"。小令受限于篇幅，无法做到细节性地铺叙情感，因此要做到"言有尽而意无穷"，以情韵取胜，那么灵动精妙地绘就外物的神韵是一个特别好的方法。张先与柳永在慢词上的不同，正是源于张先对词的理解上、填词方法上的不同,他将这种"遗貌取神"式的小令作法,延展到了慢词上,情感抒发也好、刻画山川景物也好,都避免了直白浅俗地铺写。尤其值得注意的是,词作中有"男子作闺音"的现象,即男性词人表达抒发了仕女伤春般女性化的难以捉摸的愁情,正是源于张先善于造境取神的特点,在这一方面也展现出了极高的艺术造诣。融情入景,以物象的神妙意韵象征着情感的虚无缥缈,再加之以凝练古人诗意入词,终形成了一种独特的曲折婉约的含蓄美。这种檃栝诗意入词的写法后来又被周邦彦吸收,更被发扬光大,我们可以通过阅读周邦彦之《苏幕遮》来体会感受。

周邦彦

词人小传

周邦彦(1057—1121年),字美成,号清真居士,钱塘人。周邦彦博学多才,雅善音律,文章词赋乃至音乐无一不擅长,其中又以乐府独步。宋神宗元丰二年(1079年),赴汴京入太学读书,元丰六年(1083年)献《汴都赋》,深受神宗皇帝赏识而提拔为太学正。因赋中颂扬神宗皇帝所推行的新法,哲宗继位、高太后临朝恢复旧法,周邦彦遭到了排挤,外放为官。此后十余年间,先后任庐州教授、溧水知县。直到宋哲宗亲政,方才回到汴京。宋徽宗时,周邦彦又被提举大晟府,专门从事音律方面的工作,整理审定古音,创制了大量词调,如《瑞龙吟·章台路》《兰陵王·柳》《六丑·蔷薇谢后作》等皆为其首创。周邦彦对自己精于音律非常自得,素以周瑜自喻,因俗语有"曲有误,周郎顾",便自题所居为顾曲堂。除此而外,周邦彦代表作有《解连环·怨怀无托》《西河·金陵怀古》《大酺·

春雨》《花犯·粉墙低》等。更详细的生平介绍可参见王国维先生《清真先生遗事》。

周邦彦今存词集有两种版本,一是《片玉集》二卷,收词182首,宋孝宗淳熙七年(1180年)溧水刻本,明毛晋汲古阁刻《宋六十名家词》本,改名为《片玉词》;二是《详注周美城词片玉集》十卷,收词127首,宋宁宗嘉定四年(1211年)陈元龙注本。今之《清真集》二卷,收词127首,出自十卷本,又据汲古阁刻本增补54首,编为《集外词》。近人校注本有吴则虞点校《清真集》(中华书局),罗忼烈《清真集笺注》(上海古籍出版社),孙虹校注、薛瑞生订补《清真集校注》(中华书局)。

苏幕遮

燎沉香[1],消溽暑[2]。鸟雀呼晴,侵[3]晓窥檐语。叶上初阳干宿雨、水面清圆,一一风荷举。

故乡遥,何日去。家住吴门[4],久作长安旅[5]。五月渔郎相忆否。小楫[6]轻舟,梦入芙蓉浦[7]。

词作题解

《苏幕遮》,词牌名,唐教坊曲,《清真集》中入般涉调。

双调,62字,上下阕各四仄韵。句式上三字句、四字句、五字句、七字句错见,句式富于变化,音节错落有致,词韵和缓。

该词选自孙虹校注、薛瑞生订补的《清真集校注》[①]。这首《苏幕遮》是周邦彦宦游长安时,见到眼前的荷花联想到家乡杭州的荷花,借物抒情的思乡之作。

词作注释

(1) 燎(liáo):焚烧、延烧。沉:有些版本写作"沈",是"沉"之异体字,今从《清真集校注》作"沉"。沉香是一种名贵的香料和中药材,宋代有"一两沉香一两金"的说法。《诗经·正月》:"燎之方扬,宁或灭之?"

(2) 溽(rù)暑:暑湿之气,代指盛夏。溽:湿润,闷热。

(3) 侵:渐进,临近。李白《玉阶怨》:"玉阶生白露,夜久侵罗袜。"

(4) 吴门:古代苏州的别称之一,但这里是以吴门代指钱塘。东汉以钱塘江以西设置吴郡,治所在苏州,故以吴门代指钱塘。

(5) 长安:今西安,唐之都城。旅:旅居。

(6) 楫(jí):船桨。唐朝孟浩然《望洞庭湖赠张丞相》

---

① 周邦彦:《清真集校注》上册,中华书局,2007年版,第50页。

有:"欲济无舟楫,端居耻圣明。"

(7) 芙蓉:荷花的别称。浦:池塘。芙蓉浦代指有十里荷花之盛的西湖。

词作赏析

前文所引诸篇词作都是诸多词人寓杭之作,风光景物、山川花鸟,皆是目之所见、人之所及,这一篇词作是周邦彦离开杭州之后的想象,不写而写,构思精巧。词作中由于长安荷花盛开,使周邦彦想起有"千里荷花"之誉的杭州,引起了他的思乡之情,移情于物,那么眼前的荷花与故乡的荷花又有何分别呢?

正如词人小传中所言,周邦彦是个诗词歌赋无一不通的全才,因此在填词中会自然地流露出自身的学识与素养,他极善于櫽栝前人诗句入词。据《清真集校注》,这首《苏幕遮》是周邦彦早年宦游长安时所作。他将前人诗作不着痕迹地融入词中化为己出,词作清新自然,晓畅通达,明白如话。青年时代的周邦彦就能有如此笔力,才思敏锐可见一斑。将以此为重点,进行比较详尽的赏读。

词之上阕是景物描写。"燎沉香"化用李商隐《隋宫守岁》:"沉香甲煎为庭燎,玉液琼苏作寿杯。"而"消溽暑"则是化用南朝宋沈约"临池消溽暑,开幌望高秋"此二句,表明夏日里,水池边的室内或为水阁上,周邦彦焚香消夏。我们可以试着想象一下这样的场景,周邦彦气定神闲地点燃香料,袅袅青烟安抚了酷暑环境中燥热的心情,这是一种极为雅致的生活享受。"鸟雀呼晴"化用欧阳修《啼鸟》:"谁谓鸣鸠拙无用?雌雄各自知阴晴。"下句"侵晓窥檐语"则化用隋炀帝《晚春诗》:"愧檐燕争入,穿林鸟乱飞。"如果说第一句"燎沉香,消溽暑"是静景描写,第二句便是动景描写,词之上阕两句一静一动、动静结合。周邦彦清晨听见了鸟的啼鸣声,是乌雀落入了梁间。以不通人情的鸟儿来表达新晴之欢,无情之物见有情之思,是很多词人都善于使用的手法。尤其是,一个"呼"字、一个"窥"字将整个上阕所构筑的词境与所描写的景物都完全串联起来,以情导之、脉络完整,画面灵动活泼、生机勃勃。"叶上初阳干宿雨"化用张缵《侍宴饯东阳太守萧子云应令诗》:"仲月发初阳,轻寒带春序。"水面大片清圆的荷叶上还沾有昨夜宿雨,旭日初升,雨珠渐干。"水面清圆"则化用了鲍照《学刘公干体诗五首》:"荷生渌泉中,碧叶齐如规",却比原作更加活灵活现、生动贴切。"一一风荷举",晨风乍拂,荷花随风袅袅而动,摇曳多姿、姿态优美。刘禹锡《忆江南》有"弱柳从风疑举袂,丛兰裛露似沾巾",一个"举"字将荷花婉转有致,好似人扬起衣袖挥手,随风飘舞,将物态与人情融为一体,形神兼备。王国维先生《人间词话》中极为推赏这一句,赞其"此真能得荷之神理者"①。上阕中里出现了许多词眼,有"呼""窥""清圆""举"等,周邦彦在绘饰景物之时,极善于抓住物象神理,凝练物态之美,他提炼字句的功力是十分精深的。

词之下阕借景抒情,层次分明。"故乡遥,何日去。家住吴门,久作长安旅",直接荡出一笔,直奔主题,点明周邦彦旅居长安,故乡在吴地之钱塘,两地之间隔着千重山、万重水。而"何日去"是诘问,周邦彦虽然表面上可以气定神闲地焚香消夏,但是远游他乡的疲倦感,早已让他生出不如早还家的心理了,在词之上阕中所织就的看似静态的场景与下阕周邦彦心的不平静形成了反差。"五月渔郎相忆否",李珣《渔歌子》中有"櫂轻舟,出深浦,缓唱渔郎归去"一语。周邦彦的思乡之情,通过家乡的渔郎对自己的思念来呈现,形成主人公与旁观者之间的异位,达到情感的转移,更能突出词人对家乡的人事物的怀念之情,达到了代位言情的抒情效果。这种相同的抒写方式有很多,比较著名的例子有杜甫《月夜》"今夜鄜州月,闺中只独看",也是情感错位的叙写方式,不写自己对家人的思念,反言妻子的孤独与担忧。真切深挚的感情是能想人所想、急人所急,情感才会显得更为感人至深。"小楫轻舟,梦入芙蓉浦",周邦彦虚构了一场梦境,或真

---

① 王国维:《人间词话》,山西古籍出版社,2002年版,第19页。

或假,虚实之间回到了自己的故乡钱塘,撑着一只小船划进了满湖荷花之中。柳永《望海潮》曾言杭州有"三秋桂子、十里荷花",这个荷花已经成为杭州城的名片,印刻在每一位杭州游子的心中。宦游时,每逢见到荷花,就会产生一种亲切感、思乡情,眼前之荷花仿佛是家乡的荷花在迎风飘荡,心理会有一种满足感。巧妙地采用移情手法,借助荷花将现实与想象、真实与虚幻紧密结合在一起。然而,现实终归是现实,周邦彦的思乡之情正是通过这种虚幻的想象才表现得如此真实。下阕之中,两次情感错位与移情,将感人至深的情感委婉地表达出来。王国维先生《清真先生遗事》推周邦彦为"词中老杜",又在《人间词话》中激赏此词,王先生独具慧眼让人叹服。

　　周邦彦的词作清辞丽句、缜密典丽,可以说辞章之美,无如清真,这也是宋代以来诸多词论家的共识。周邦彦更被誉为"集北宋之大成,开南宋之先声"[①]的婉约派集大成者和格律派的创始人,导南宋姜夔、吴文英格律词派之先河,此二人姜夔得其清空、吴文英得其密丽,可谓各得其精髓。周邦彦的集大成表现在三个方面。

　　一是周邦彦发展了词乐,推动了词的格律化进程。

---

① 可参见叶嘉莹:《唐宋词十七讲》,北京大学出版社,2018年版,第295页。

周邦彦是个精通音律的人,宋徽宗时还被提举大晟府,他以知音人的身份来制定音乐、评定音乐。苏轼以诗为词,打破了音乐对词的束缚,而周邦彦恰恰相反,他重新把词纳入音乐的范畴里。不仅创制了大量的新词调,同时还使词在乐律上更具规范化,注重对词句的平仄、四声考辨、乐律缓促的认识,促进南宋雅词的格律化,成为格律派的创始人。

二是周邦彦极大程度上发展了慢词的填词技巧,转变了唐宋以来词作的叙事章法技巧。词至柳永使用了平铺直叙的叙事性手法,逐渐开始注重行文章法结构,而周邦彦进一步完善了创作技巧。周邦彦善写赋,他将赋笔中的开合变化引入词中,顺叙、倒叙等多种叙述视角的转换,改变了词的叙事方式和章法安排,陈廷焯赞其"词法之密,无过清真"。周邦彦的词作精微之处,章法结构的错综复杂之处,唯有细细咀嚼,才能得其真味。

慢词文字篇幅所包含的信息量特别大,在章法安排上有了新的要求。柳永的慢词曾改变了小令的意象式的抒情性的写法,被称为"屯田蹊径"。然而,真正将慢词发展至巅峰的当属周邦彦,一篇之中回环往复,百转千回。我们可以举一首周邦彦的慢词《拜新月慢》[①]为例,以作简

---

① 周邦彦:《清真集校注》上册,中华书局,2007年版,第202页。

单阐释。

夜色催更,清尘收露,小曲幽坊月暗。竹槛灯窗,识秋娘庭院。笑相遇,似觉琼枝玉树相倚,暖日明霞光烂。水盼兰情,总平生稀见。

画图中、旧识春风面。谁知道、自到瑶台畔,眷恋雨润云温,苦惊风吹散。念荒寒、寄宿无人馆,重门闭、败壁秋虫叹。怎奈向、一缕相思,隔溪山不断。

宋初的小令在感情的抒发上,极其注重情绪上的感受,引起人的共鸣。周邦彦的《拜新月慢》,在章法结构上很是精密,叙述的是情感历程的走向。词之上阕首句描写了男主人公夜色里的一场寻访,接着第二句描写的是有情人很自然地相遇了。紧接着女主人公出场了,她有着光彩照人、明媚多姿、惊心动魄般的美丽。上阕首二句,在情境上营造了优雅而又冷静的氛围;但是,在塑造女主人公的形象的时候,又描写得顾盼生辉,明艳灿烂,形成了词境上的强烈反差,这是第一次转折。词之下阕的换头犹如惊天之笔,按照读小令的惯常思路,应该是叙述男女主人公见面之后的情节,然而周邦彦并没有这么安排。他开始道明原因,寻访女主人公不是现实中的寻访,而是因为一幅女主人公的画像而引起的回忆。章法结构上是360度大回环似的凭空转折,但是却丝毫不露痕迹,不细细揣摩下半阕词,根本无法想象,这是第二次转折,也是章法结构上的最大的转折点。上阕光彩照人的女主人公自相遇之后,有过美好的感情,却被"惊风吹散",两人的感情没有长久。"雨润云温"与"惊风吹散"是一种对比关系,前者是旧情的美好,后者则是恋情的悲剧,情感历程的铺叙上形成了反差。当读者在为男女主人公的相遇喝彩的时候,顿生波澜与周折,情节激荡之下,读者的情感体验会有一种情绪落差,更容易体会到男主人公的伤痛情绪。这是第三次转折,激起了读者的共鸣,情绪上的大波澜。我们再重回词之上阕的句首,男女主人公的相遇是在静谧、美好、清幽的氛围里,"夜色催更,清尘收露,小曲幽坊月暗"。现实情况是世事多变,两人的恋情不再,男主人公想起过去相遇的旧庭院时,则是"念荒寒、寄宿无人馆,重门闭、败壁秋虫叹",想象中一片荒寒,又不离实际符合常理。这是第四次转折,即使男主人公没有再去故地,但是也不难想象终将是物换星移、物是人非,无理之词又是意料之中的结果。最终,情感落脚点是"怎奈向、一缕相思,隔溪山不断",男主人公隔着千山万水也对其思念不止,才会有所有事件情感的起点:男主人公观赏了一副女主人公的画像。将真实的事件顺序简单梳理一下:男主人公思念女主人公,对着她的一副画像展开了无穷无尽的思念,既忆起他俩相会的画面,又想起两人分开的痛苦回忆。一首慢词中有四次转折,章法结构上的大变化,情绪上的大转折,叙事情节的跌宕起伏等,都浓缩在词里。虽不是在描写现实,追忆追思之中又让人能够产生真情实感。章法结构之妙,亦无如清真。

三是周邦彦善于化用古人诗句,前人赞其词"富艳精工",语言缜密典丽、儒雅又极富书卷气,这是婉约词成熟的标志,从这首小令《苏幕遮》中就可窥见一二,几乎句句化用诗句却不显凝滞。从一定程度上讲,周邦彦在字法的运用上推动了婉约词走向高峰,尤其是在填词技巧上达到了一种圆融的境界。然而,"高峰"也意味着"衰落",自此之后的南宋格律派,逐渐朝着追求形式美、语言美、音韵美,逞技斗才雕琢技巧的方向发展,过度追求艺术技巧而缺少词作的思想性与天然的韵趣。以致南宋灭亡,"亡国之音哀以思",婉约词才完成了裂变或者说是自我救赎,如上文所提到的张炎《高阳台·西湖春感》。在格律词派笼罩的南宋词坛,辛弃疾异军突起,爱国词的诞生则是可以与南宋婉约词双峰对峙的风景。

杨万里

词人小传

杨万里(1127—1206年),字廷秀,号诚斋,吉州吉水(今江西省吉水县)人,南宋著名理学家、诗人。宋高宗绍兴二十四年(1154年)进士,授赣州司户参军、永州零陵县丞等职。宋孝宗隆兴二年(1164年),因张浚推荐除临安府教授,未及赴任而丁父忧。宋孝宗乾道三年(1167年),杨万里再至临安,上书《千虑策》,指陈政局腐败所在,提出一系列整顿方针。杨万里任隆兴府奉新县知县时,革除县治内弊端,放宽税额,颇有官声。历任太常太傅、吏部右侍郎、礼部郎中、太子侍读等职,当时还是太子的宋光宗(赵惇)为其亲书"诚斋"。宋光宗继位后,历秘书监、实录院检讨,宋光宗绍熙元年(1190年)出为江东转运副使,杨万里因上书谏阻江南诸郡行使铁钱会子而得罪宰臣,改任赣州知州而不就,再召皆辞。宋宁宗朝,授焕章阁待制、吉水县开国伯、宝谟阁直学士等职,封庐陵郡开国侯。宋宁宗庆元五年(1199年)致仕。开禧二年(1206年)五月,以病终,赠光禄大夫,谥"文节"。

　　杨万里为官清正爱民,刚直廉洁。不畏权贵、有政治操守,敢于指陈朝局弊端,力言恢复之策,是一位主战的爱国政治家。在文学成就上,他是南宋著名理学家,精于易学,著有《诚斋易传》。杨万里又与陆游、尤袤、范成大并称"中兴四大诗人",作诗讲究"活法",师法自然。他极善于捕捉生活的理趣,用平易活泼的语言表达出来,自成一派,被誉为"诚斋体"。杨万里著有诗文全集《诚斋集》133卷,《诚斋诗话》一卷。唐圭璋先生所辑《全宋词》,据《诚斋集》《诗人玉屑》所引,仅收录了杨万里词作八首,其中有一阕《归去来兮引》情辞恳切、语意清新可观。杨万里并不是一个专力为词的人,他的诗歌成就明显高于词,关注点在于自然风物,诗歌风格比较明快风趣,比较脍炙人口的作品有《晓出净慈寺送林子方》《初入淮河四绝句》《过百家渡四绝句》《五月初二日苦热》等。杨词亦如其诗,晓畅如话,又很风趣自然。

昭君怨·咏荷上雨

午梦扁舟花底,香满西湖烟水。急雨打篷声,梦初惊。

却是池荷跳雨,散了真珠⁽¹⁾还聚。聚作水银窝,泻清波⁽²⁾。

词作题解

该词选自唐圭璋先生《全宋词》卷三①。

《昭君怨》,词牌名。双调小令,共40字,上下阕共四句,两仄韵、两平韵。北宋新声,苏轼《昭君怨·谁作桓伊三弄》为创调之作。

王昭君名嫱,汉元帝宫人。竟宁元年(公元前33年),匈奴单于呼韩邪来朝,求娶美人为妻,汉元帝以昭君和亲。此调四换韵,声情富于变化之美,宜于表达清丽深婉的情感。

---

① 唐圭璋:《全宋词》卷三,中华书局,2009年版,第1666页。

词作注释

(1) 真珠:即珍珠。
(2) 清波:清澈的水流。

词作赏析

上一节选取周邦彦《苏幕遮》,词中描写的是周邦彦客居长安时,由眼前的荷花联想到了故乡钱塘的荷花,抒发了思乡之情。眼前荷花是实写,钱塘荷花是虚写,重在体悟周邦彦所表达出来的含蓄情感。而本节所选的词作是真真切切地描写西湖荷花的佳作,两词可进行对比阅读,体味不一样的美。

大约出乎很多人的意料,杨万里不仅是一位诗人,其实也是一位值得让人铭记的理学家,他对朱熹"格物致知"的理论推崇备至。但是,实际情况是杨万里以诗名,词名就更不显了。他现存诗歌4 000余首,词作《诚斋集》中未见,唐圭璋先生《全宋词》据《诗人玉屑》辑补,仅收录了8首。中国古代情操高尚的儒者,以严格的身份自觉进行道德践履,修身齐家治国平天下乃其平生夙愿。"文章乃经国之大业",立于庙堂之上,略陈治国安邦之策,朝政若有阙失,辄畅所欲言无所避忌。以诗人、文学家这样的面目,展现在读者的面前,乃其治世理想之外的余事,更何况被文人士大夫所讥诟的词呢?欧阳修曾笑言如厕才读小词,由此可见词在文人士大夫心中的地位。杨万里身兼政治家、理学家、诗人等多重身份,恐怕也是出于"词乃小道"这样的认识,并没有专门投入填词创作。杨万里在理学上主张"格物致知",简言之即通过观察"物"来认识把握事物的一般规律,并揭示事物发展的真理。这是一种思考探索式的哲学体验,杨万里亦以此涵养诗文创作,甚至对自然万物用"理学家"独特视角进行审美观照。他重"感物",对自然万物尤为感兴趣,笔下的意象有了别开生面的"活泼泼的"新鲜魅力,自然万物在杨万里的心中眼中形成一种生生不息的妙境。钱锺书《谈艺录》中曾说:"以入画之景作画,宜诗之事赋诗,如铺锦增华,事半而功则倍,虽然非拓境宇、启山林手也。诚斋放翁,正当以此轩轾之。人所曾言,我善言之,放翁之与古为新也;人所未言,我能言之,诚斋之化生为熟也。放翁善写景,而诚斋擅写生。放翁如画图之工笔;诚斋则如摄影之快镜,兔起鹘落,鸢飞鱼跃,稍纵即逝而及其未逝,转瞬即改而当其未改,眼明手捷,踪矢蹑风,此诚斋之所独也。"[①]杨万里把关注的焦点放在自然界万事万物之中,对它们自然律动之美,倾注了大量的精力进行描摹,摄取

---

① 钱锺书:《谈艺录》,生活·读书·新知三联书店,2008年版,第298页。

不同物象及其不同形态,有意识地主动地构现自然物的不同侧面,使其呈现出千姿百态之美,这就是宋代理学家孜孜不倦以追求的"生生不息"生命妙境。诗如此,词亦如此。

这首词为读者织就了一幅水墨山水画,杨万里塑造了自己梦中泛舟西湖,闻到了满湖荷花香,之后却被雨打荷叶之声惊醒,极为不俗的情境。王国维曾赞美周邦彦"水面清圆,一一风荷举"能得荷花之神理,杨万里这首词却能从另外一个侧面来描写荷花,将视角放在了常人经常忽视的画面,呈现出一幅动态立体的画卷。

词之上阕描写了梦中泛舟飘入了西湖的荷花浦中,骤雨乍来,梦里传来的雨打乌篷之声惊醒了杨万里。"午梦扁舟花底,香满西湖烟水",逼真的梦境,烟水迷蒙的湖面,花香和着湖中升腾而起的水汽,透过烟水的迷雾闻到了一湖荷香,虚拟的梦境中的真实感受是通过嗅觉来突现的。"午梦"与"香满"是两组动词,"扁舟""花底""西湖""烟水"是四组名词,两组动词串起两句,造语简洁明了,在繁复雕琢为美的南宋格律派的阵营中也算是异数,更显清新流畅的恬淡美。"急雨打篷声,梦初惊",杨万里梦重惊醒是因为乌篷跳雨,清脆的雨珠声惊破了他的好梦,霎时间梦中所构筑的"扁舟""花底""西湖""烟水"的景象悉数消散,梦中似乎闻到的香气是否还在?这是杨万里设下的一个伏笔。

词之下阕描写了醒后眼前的景物,又能够与梦境呼应,完美照应了上阕的词境。"却是池荷跳雨,散了真珠还聚",用"却是"来提起下文,使梦境与现实交织。梦境里那么真实的花香是因为雨点跳落在了荷花与荷叶之上,香气四溢。杨万里实写的是"池荷跳雨"的动作,虚写的是雨打荷叶传来的"噼里啪啦"的破碎之声以及荷花的香味。此句意境极雅,更难得的是形成了上下文之间的照应关系,使得词作的意脉不断。"跳"字形容雨势很急,苏轼曾用"白雨跳珠乱入船",这里也是同样的用法。豆大的雨点成线好似珍珠,敲打在池塘里的荷花上,"大珠小珠落玉盘",荷叶中聚集了大量的雨水。"散了真珠还聚"是杨万里经过细致的观察体悟才能凝练出的佳句,状难写之景如在目前。"聚作水银窝,泻清波","聚"用顶真格,"水银"是形容荷叶中的水聚集在一起,水珠滚动如水银流淌,最后聚成了"一窝",荷叶轻软难以承受聚集而成的雨水的重量,便倾斜流入池塘内。杨万里采用"跳""散""聚""泻"四个动词,串起下阕所构筑的画面。雨打荷叶,荷叶上滚动着雨珠,雨水倾斜流入池塘,是一个周而复始不断重复的景象。杨万里截取了日常生活中很平常的一个画面,进行了细致的描画,反映了生生不息的物象之理,是对大自然运动规律的揭示。用简笔素描的手法,看似轻松写意,于不经意之间娓娓道来,实际上"理"正藏在所表现的"物象"的背后,需要不断地吟咏品味,这正是杨万里独特的有"活法"的词。

整首词语言浅近,没有任何难解的词语,全是动词和名词简单构成的词句组合。杨万里构思新奇,将梦境与现实交织,最后落在了味觉感受与听觉感受上。词作篇幅短小,却又有层级感,上阕与下阕之间彼此互相照应。意境深邃,却又极富哲理。意境的营造,用简洁的语言构成。我们在阅读时,首先可以在自己的脑海中,先行构造出想象中的画面,由画面带出词的意境,进行贴合词境的"活法"阅读。这大约才是理学家所真正想要展现的美的境界,简洁中孕育理性的大美。

关于"诚斋体",还有一个比较重要的内容,可以和诸位分享,权作话题外的补充,聊作一观吧。中兴四大诗人,只有杨万里的诗体被誉为"诚斋体",很少有人会说有"放翁体(陆游)"或者"石湖体(范成大)"。主要是因为杨万里在江西诗派牢笼下的诗坛里,创新了一种轻快空灵、新鲜活泼的诗歌创作形式。杨万里比较反对"掉书袋",真的在诗歌里面做到了明白晓畅、挥洒自如,很灵性又很轻松,诗歌好像不费力气般地轻省。比起陆游和范成大,杨万里的诗歌更放松,陆、范二人就会显得沉稳保守,还是依然束缚在江西诗派的写作宗旨里面,因此杨万里的诗被标举为"诚斋体"的原因就在于创新。事物发展总是一分为二的,杨万里诗歌的优点在此,缺点亦在此。诗歌的自由浅俗、口语化,会造成一个不太好的结果,就是诗歌写作随意,一挥而就确实潇洒,但实质上会失之草率。万事万物都可以写,内容零碎,失之浅滑,很多诗歌会显得没有诗的内蕴,思想上也不够深刻。杨万里也有忧时伤民之作,但是情感力度和气魄不及陆游,田园山水之作又不及范成大,缺乏了感染人心、催人向上的力量。因此,学"诚斋体"时,应当学会鉴别,细品深思那些新鲜活泼的理趣之作。

辛弃疾

词人小传

辛弃疾(1140—1207年),字幼安,号稼轩,历城(今山东济南)人,南宋豪放词派巨擘,与苏轼并称"苏辛"。陈廷焯于《白雨斋词话》中说:"辛稼轩,词中之龙也。"称其为"词中之龙",并不仅仅是因为他豪放的词风,而是因为他非一般文人可比的军事才能,是一位文武双全的国之柱石。

北宋覆亡于1127年,早于辛弃疾出生前十数年就亡国了,当时被称为山东东路的历城、辛弃疾的家乡已成为金人统治下的沦陷区。辛弃疾的祖父辛赞,因为受困于家累众多,而未能及时南渡,不得已被金人俘虏,降而为官。闲暇时,辛赞常常带着辛弃疾等儿孙辈"登高望远,指画山河",殷切期望辛弃疾能够"思酬国耻"、抗金复国。辛弃疾早年游学金国首都时,辛赞亦嘱托他留心于北方的地理、边防等情况,为将来恢复中原做好战略准备。辛弃疾一身文韬武略,等待有利时机,随时准备为收复失地贡献自己的力量。

宋高宗绍兴三十一年(1161年),金主完颜亮举兵南侵之际,金朝军队内部发生了暴乱,完颜亮被其部下杀害。辛弃疾抓住时机,聚集了2000余人加入耿京领导的起义军。次年,辛弃疾劝说耿京"奉表归宋",同时还亲自南下与南宋朝廷联络抗金事宜。谁知带着南宋朝廷的任命,辛弃疾在归来的途中,听闻张安国杀害耿京降敌的消息。辛弃疾当机立断,聚拢50余骑人马,一路奔袭、长驱直入、直捣敌营,于数万人的金营之中活捉张安国,如入无人境。辛弃疾不仅有卓越的军事能力,又有出人意表的见识,电光火石之间,即刻收拢耿京旧部突破金兵包围,裹挟着张安国一路奔驰入宋,最终将其押送到建康正法。辛弃疾晚年曾在《鹧鸪天·有客慨然谈功名,因追念少年时事,戏作》一词中自豪地写到这段战阵冲杀的往事:"壮岁旌旗拥万夫,锦襜突骑渡江初。燕兵夜娖银胡觮,汉箭朝飞金仆姑。追往事,叹今吾,春风不染白髭须。却将万字平戎策,换得东家种树书。"[1]辛弃疾是一位豪气干云、有勇有谋的英雄。

返回南宋之后,辛弃疾声名鹊起,被宋高宗授以江阴

---

[1] 辛弃疾:《稼轩词编年笺注》卷四(定本),上海古籍出版社,2009年版,第500页。

签判,开始了他在南宋朝廷的仕宦生涯,是年他25岁。他曾先后上书《美芹十论》《九议》等抗金制敌、收复中原的方针政策,然后这些建议并没有被当权者采纳。直到晚年,他对这件事都耿耿于怀,痛心疾首地写下了"却将万字平戎策,换得东家种树书"。苟且偷安的南宋朝廷仅仅派他到地方上去管理内政,整顿地方政务,辛弃疾并没有机会在中央政府发挥一展所长,更何况受命北伐大业。这与辛弃疾一直以来所执着的收复中原的爱国思想是相背离的,这种报国无门的英雄失路的伤郁之情,一直是他词作中的主旋律。辛弃疾怀有北伐的夙愿,颇负才干,偶尔会被南宋当权者出于各种目的而委派官职。但是,辛弃疾的能力和气魄,执着于抗金的心愿又与南宋朝廷的方针相抵牾,也造成了他总是被排挤的处境,总是上任不久旋即被罢免。总体来说,他的仕宦生涯可以概括为:三次罢官、两度闲居,最终不得不在上饶带湖一带的乡间归隐。宋宁宗开禧三年(1027年),辛弃疾重病不起,在当时鼓吹的开禧北伐声中抱憾而亡,临终时大呼"杀贼!杀贼!"宋恭帝时,赐谥"忠敏"。

辛弃疾现存词600多首,是最为高产的宋代词人。今传词集有两种版本:一是四卷本《稼轩词》,该宋刻本于辛弃疾生前刊刻,晚年词作未见是集,宋刻原本未传,今传抄本有汲古阁影宋精抄本《稼轩词》、吴讷《唐宋名贤百家词》本等；二是《稼轩长短句》十二卷，刻于辛弃疾身殁后，宋刻本不传，今存元广信书院刻本、《景刊宋金元明本词》本等。邓广铭先生耗尽心血所作之《稼轩词编年笺注》(上海古籍出版社)最为完善，考证翔实，邓老先生以历史学家的学养，考证了词的创作年代及其背景，是最值得一读的今人校注本。此外尚有辛更儒《辛弃疾集编年笺注》(上海古籍出版社)、吴企明先生《辛弃疾词校笺》(上海古籍出版社)、朱德才等《辛弃疾词新释辑评》(中国书店出版社)。辛弃疾脍炙人口的词作极多，有《贺新郎·赋琵琶》《水龙吟·过南剑双溪楼》《祝英台近·宝钗分》《满江红·送信守郑舜举被召》《木兰花慢·滁州送范倅》等，实有不能尽举之憾。

念奴娇·西湖和人韵

晚风吹雨，战[1]新荷、声乱明珠苍璧[2]。谁把香奁收宝镜，云锦红涵湖碧[3]。飞鸟翻空，游鱼吹浪，惯趁笙歌席。坐中豪气，看公一饮千石。

遥想处士风流，鹤随人去，老作飞仙伯[4]。茅舍疏篱今在否，松竹已非畴昔[5]。欲说当年，望湖楼[6]下，水与云宽窄。醉中休问，断肠桃叶[7]消息。

词作题解

该词选自邓广铭先生的《稼轩词编年笺注》[1],据邓广铭先生考证,该词作于1170—1171年之间,辛弃疾居官临安时所填,时任司农寺主簿,但未详于辛词唱和(hè)何人之作。

《念奴娇》,词牌名。又名《百字令》《壶中月》,因苏轼《念奴娇·赤壁怀古》脍炙人口,影响极广,后人又分别取其词中"大江东去"与"一樽还酹江月"的名句,又名为《大江东去》和《酹江月》。《念奴娇》的词牌名,来源于唐朝天宝年间的一名倡伎,名唤念奴。据元稹《连昌宫词》:"念奴,天宝中名倡,善歌。每岁楼下酺宴,累日之后,万众喧隘,严安之、韦黄裳辈辟易不能禁,众乐为之罢奏。玄宗遣高力士大呼楼上曰:'欲遣念奴唱歌,邠二十五郎吹小管逐,看人能听否?'未尝不悄然奉诏。"[2]《唐宋词格律》中有言,此曲宋人入"大石调",复转入"道调宫",又转入"高宫大石调"。音节铿锵高亢,宜于表达英雄豪杰超迈拔俗之气。此调正体100字,双调,上下阕各十句,四仄韵。

---

[1] 辛弃疾:《稼轩词编年笺注》卷一(定本),上海古籍出版社,2009年版,第18页。
[2] 转引自龙榆生:《唐宋词格律》,上海古籍出版社,2019年版,第147-148页。

和韵也称步韵、追韵,旧体诗词写作方式之一。依照友人或是前人乃至作者自己的诗词用韵等情况,按其所用韵脚再作诗(填词)。和作的韵脚可以用诗词中的韵脚原字,也可以照此原字所在的韵部,在原韵部内再选用其他韵脚依韵作诗填词。依据原韵的韵脚原字和韵尤其难,更见作者功力才学,如苏轼之《水龙吟·次韵章质夫杨花词》就属于此种,但是苏轼之作比章楶原作更胜一筹,苏轼才情足见。

词作注释

(1) 战:本义为战斗,借指战栗、发抖,这里是使动用法。

(2) 苍:深青色、深绿色。璧:正中有孔的扁圆形玉器。苍璧,碧绿的美玉,此处用来形容碧绿的荷叶。

(3) 香奁(lián):妇女盛放胭脂水粉、铜镜等化妆用品的匣子。宝镜:这里借喻为太阳。云锦:苏轼《和文与可洋川园池(横湖)》有云:"贪看翠盖拥红妆,不觉湖边一夜霜。卷却天机云锦段,从教匹练写秋光。"文同(文与可)《题守居园池(横湖)》:"一望见荷花,天机织云锦。"涵:本义是水泽众多,红涵形容水色映着霞光。

(4) 处士指的是林逋。林逋(967—1028年),字君复,杭州钱塘人。结庐西湖孤山,二十年足不及城市,号西湖处士。林逋终生未娶,犹喜植梅养鹤,自谓"以梅为妻,以鹤为子",人称"梅妻鹤子"。宋仁宗赐谥"和靖",后人尊称其和靖先生。沈括《梦溪笔谈》:"林逋隐居杭州孤山,常畜两鹤,纵之则飞入云霄,盘旋久之复入笼中,逋常泛小艇游西湖诸寺,有客至逋所居,则一童子出应门,延客坐,为开笼纵鹤,良久,逋必棹小船而归,盖尝以鹤飞为验也。"[1]飞仙之语出《海内十洲记》:"(蓬莱山)周回五千里,外别有圆海绕山。圆海水正黑,而谓之冥海也。无风而洪波百丈,不可得往来。上有九老丈人,九天真玉宫,盖太上真人所居。唯飞仙有能到其处耳。"[2]这里形容林逋高洁出尘、仙风道骨的隐士风度。

(5)"茅舍疏篱"句:南宋偏安杭州,朝廷敕令孤山旧有的田宅悉数迁出,以大肆修建皇室园囿与庙宇,唯留下"林和靖先生墓",现在位于西湖孤山面对北山路一侧。南宋末孤山内诸多景观已不存。

周密《武林旧事》:"孤山旧有柏堂、竹阁、四照阁、巢居阁、林处士庐,今皆不存。"[3]

(6)望湖楼:位于西湖断桥东,依湖而建,登楼可览一湖美景,又名看经楼、先得楼。《咸淳临安志》:"望湖楼在

---

[1] 沈括:《梦溪笔谈》卷十,中华书局,2016年版,第136页。
[2] 东方朔:《海内十洲记》,文渊阁四库全书本。
[3] 周密:《武林旧事》卷五,中州古籍出版社,2019年版,第197页。

钱塘门外一里,一名看经楼。乾德五年,钱忠懿王建①。"苏轼《六月二十七日望湖楼醉书》:"黑云翻墨未遮山,白雨跳珠乱入船。卷地风来忽吹散,望湖楼下水如天。"

(7) 桃叶:北宋郭茂倩《乐府诗集·桃叶歌》解题:"王献之爱妾名桃叶,尝渡此,献之作歌送之曰:'桃叶复桃叶,渡江不用楫。但渡无所苦,我自迎接汝。'"此后常借此指代所爱恋的女子。

词作赏析

由初夏西湖雨打荷花的声音与动态画面,联想到林逋不慕名利、归隐孤山的高风亮节,全方位地展现出了西湖风景所凝聚的内蕴之美。词作采用借景抒情的手法,上阕写景、下阕抒情,结构完整,中规中矩。

词之上阕首先点明季节时序。"晚风吹雨"联系下文之"云锦红涵湖璧",可以看出辛弃疾描写的是傍晚时分的一场急雨,"战新荷"的"新"字则强调刚入初夏。尤其是"战"字的运用,使得"雨"与"新荷"似两军对垒,有金鼓雷鸣、雷霆万钧的紧迫情势。辛弃疾乃久入战阵之人,以一贯的军人眼光来打量雨打荷花,犹如两军乱阵厮杀,似

---

① 乾德五年:乾德为宋太祖赵匡胤年号,即公元967年。同时期的南唐后主李煜与吴越忠懿王钱俶作为宋之属国,亦用此年号。

有不死不休之势。"声乱明珠苍璧",既是声音描写又是色彩描写,"明珠"喻指白色的雨点,"苍璧"喻指新生的翠绿色荷叶,色彩上是一"白"一"绿",形象鲜明又形成了视觉反差。此句既可以使人联想到"白雨跳珠乱入船"的视觉动态画面,又可以让人感受到"大珠小珠落玉盘"的清脆听觉享受,紧张肃杀的两军对垒却又能引起人的想象。辛弃疾想象瑰奇,将风雨俱来、乌云蔽日想象成"香奁收宝镜",着一问句"谁把香奁收宝镜"犹如屈子天问,豪情满纸,宝镜谁收,又暗含着宝镜谁取,将雨过日出隐在问句之中,构思精巧,想落天外。"云锦红涵湖碧",湖面风平浪静,天织云锦、霞光满湖。云霞红光映水,湖水澹碧澄明,又是一处色彩的比对———一"红"一"绿",侧面烘托出西湖云霞满天、碧水清明的湖光山色之美。"飞鸟翻空,游鱼吹浪,惯趁笙歌席",从自然环境入手描写了歌开席面的场景,飞鸟在天空中自由飞舞往还,鱼在水中自在上下浮游,丝竹声中鱼鸟争逐嬉戏,自然万物的生息繁衍活动充满了生机与活力。"坐中豪气,看公一饮千石",美景当前,辛弃疾与一众友人尽情豪饮、宴游至欢,酒趁管弦、醉中有思,同时在结构上,又能形成由景及人的自然过渡。

下阕换头之句,辛弃疾用"遥想"起句,自然引起下阕对西湖风流人物的吟咏。苏轼曾在《念奴娇·赤壁怀古》

中写道:"遥想公瑾当年,小乔初嫁了、雄姿英发",以"遥想"一词起到了抚今追昔、引领全篇的作用,辛弃疾此词也是起到了相同的效果。"遥想处士风流,鹤随人去,老作飞仙伯",林逋归隐孤山,植梅养鹤不入俗尘,气质高洁的风流人物,终究骑鹤羽化登仙而去。"茅舍疏篱今在否,松竹已非畴昔",林逋的故居如今安在?眼前的松竹也已非当年林逋所见的松竹。如果说"燕子楼空,佳人何在,空锁楼中燕"(苏轼《永遇乐·彭城夜宿燕子楼梦盼盼因作此词》),是苏轼感慨物是人非,人物梦幻转身寂灭的感悟的话;那么,林逋旧庐却已非当年,物非人事也非的沧桑巨变,就更能够引起人的无限惆怅与喟叹。"欲说当年,望湖楼下,水与云宽窄",一直私心里都认为这首词是辛弃疾在致敬苏轼。辛弃疾描写的是西湖的水与云,因为苏轼的《六月二十七日望湖楼醉书》太过知名,使得望湖楼声名大噪。前文提及苏轼时,也曾言及苏轼不堪朝中倾轧,自请外放杭州为官,这种落寞伤怀的情绪,在辛弃疾看来亦切合他报国无门、壮志难酬的失望与悲愤。"醉中休问,断肠桃叶消息",从屈原开始,中国古代文人惯会使用"美人香草"自喻,更有甚者以"弃妇"自比,形成了"弃妇诗"传统,用以言说忠臣不被见用,贫士失路的忧愤情怀。这里的"桃叶消息"亦有所指,即是否会被宋朝皇帝启用抗金的志忐茫然的存疑之心,"醉中休问"照应前文"一饮千石"。辛弃疾当然不甘心如市井酒徒那般借酒消愁,纵情饮酒、纵情玩乐只是用来麻痹自己的苦药,醉后可以不必再想忠君报国,亦不必思量抗金收复故土。联想到辛弃疾"醉里挑灯看剑"的失意愤懑,这句实在是将悲愤语化为伤心语的无可奈何与自我放逐,读者切不可因他的一时激愤之言而当真。词之下阕所抒发的情感与上阕描写景物的豪情壮彩,壮景与幽情之间似乎存有一些反差。主要是因为,辛弃疾的感情具有深刻的复杂性,不知能否被任用,尽展平生所长,又怕与平生之志相抵触的矛盾心理。因此,词作中有千回百转、欲说还休、不能明说之意。悲愤之余又极力克制,睥睨众生又不愿卑躬屈膝的傲世精神,具有打动人心的力量。

此节的重点在于解读《念奴娇·西湖和人韵》的文本,理解辛弃疾的生平事迹与思想情感,希望能够对他的词作特点有初步的认识与体会。辛弃疾词风及其影响,将在《摸鱼儿·观潮上叶丞相》的词作赏析中,再作详细串讲。

文及翁

词人小传

文及翁生卒年未详。字时学,号本心,绵州(今四川省绵阳市)人,后移居吴兴。宋理宗宝佑元年(1253年)登进士科,授昭庆军节度使掌书记。理宗景定年间,文及翁上书言公田事,名震朝野。宋度宗咸淳四年(1268年),以国子司业、礼部郎官,兼学士院权直,秘书少监。是年11月,以直华文阁出知袁州。宋恭帝德祐元年(1175年),自试尚书礼部侍郎除签书枢密院事。元兵将至,弃官而去。宋亡后,累征不起。有集二十卷,今不传。① 唐圭璋先生《全宋词》收词仅此一首,断句一首。

---

① 人物生平参引自唐圭璋先生《全宋词》卷五。

贺新郎·游西湖有感

一勺西湖水。渡江[1]来,百年歌舞,百年酣醉。回首洛阳[2]花世界,烟渺黍离之地。更不复、新亭[3]堕泪。簇乐[4]红妆摇画舫,问中流、击楫[5]何人是?千古恨[6],几时洗?

余生自负澄清志[7]。更有谁、磻溪[8]未遇,傅岩[9]未起。国事如今谁倚仗,衣带一江而已!便都道、江神堪恃。借问孤山林处士[10],但掉头、笑指梅花蕊。天下事,可知矣!

词作题解

该词引自王瑞来校笺《唐宋史料笔记丛刊·钱塘遗事校笺考原·卷一》(中华书局),集中具言其本事:文及翁登科后,与诸同年游西湖,一同年戏之曰:"西蜀有此景否?"文及翁当席即赋此词。文及翁借西湖水讽刺南宋朝廷偏安江南,沉迷享乐,不思恢复中原的荒唐行径。

《贺新郎》,词牌名。乃北宋新声,苏轼之《贺新郎(乳燕飞华屋)》为创调之作,词中有"晚凉新浴",又名《贺新凉》。叶梦得另有《贺新郎·睡起啼莺语》,词中有"谁为我,唱金缕"之句,故调名又作《金缕曲》。《贺新郎》双调,116字,上下阕各10句,六仄韵,苏轼之创调下阕第八句少一字。全词句式富于变化,沉郁顿挫却又显得气势激荡,南宋豪放词家尤喜用此调表达慷慨激壮的感情。

词作注释

(1) 渡江:中国历史上有两个朝代渡江南迁:一是晋室东渡,建都建康(今江苏南京);二是徽、钦二帝北狩,宋高宗渡江建都临安(今浙江杭州)。这里是指宋室南渡偏安江南一事。

(2) 洛阳:借指北宋国都汴梁开封。

(3) 新亭:东晋时,新亭紧靠江边,为建康西南要垒。风景优美,曾是饯行、迎宾、雅宴之所。每逢春光明媚的时节,贵族官僚便登上新亭赏景饮酒。南朝宋之刘义庆《世说新语·言语》有载:"过江诸人,每至美日,辄相邀新亭,藉卉饮宴。周侯中坐而叹曰:'风景不殊,正自有山河之异!'皆相视泪流。唯王丞相愀然变色,曰:'当共戮力王室,克复神州,何至作楚囚相对!'"

(4) 簇:聚集。簇乐:聚集多种乐器进行演奏。

(5) 中流、击楫:《晋书·祖逖传》中载:"(祖逖)将本流徙部曲百余家渡江,中流击楫而誓曰:'祖逖不能清中原而复济者,有如大江!'辞色壮烈,众皆慨叹。"

(6)千古恨:开封被金兵攻陷,宋徽宗、宋钦宗以及诸宫室人被金兵掳走,史称"靖康之耻"。南宋朝廷为尊者讳,故称其为"二帝北狩"。

(7)澄清志:即有澄清天下之志,指整肃政治、清除奸佞、匡扶社稷、恢复中原的政治理想。刘义庆《世说新语·德行》:"陈仲举言为士则,行为世范,登车揽辔,有澄清天下之志。"

(8)磻(pán)溪:以"磻溪"代指姜尚。姜尚隐居磻溪垂钓,得遇周文王而拜相,辅佐周文王和周武王推翻商纣王的统治,从而建立周王朝。《千字文》:"盘溪伊尹,佐时阿衡。"

(9)傅岩:古地名,位于今陕西省平陆县东,这里代指傅说。相传在傅岩,傅说是一个从事版筑的奴隶。武丁求贤若渴,梦得圣人指点,找到了傅说。武丁重用傅说,在他的辅佐下,最终开创了"武丁中兴"的盛世。《千字文》:"绮回汉惠,说感武丁"。

(10)林处士:林逋,隐居西湖孤山,养鹤种梅的一名隐士。释义参见本书辛弃疾《念奴娇·西湖和人韵》"处士"条。

词作赏析

杭州西湖,江南富庶之地,烟柳繁华,美景盖世无双。

两宋数百年间,西湖见证了朝代的兴衰更迭,她是繁荣与萧条的见证者。西湖美景如斯,不同的时代因词人的心态发生了改变,而呈现不同的意态,可以说是千变万化。当北宋国力强盛、社会稳定之时,文人西湖冶游,吟赏烟霞、流连忘返。可以说,西湖是国家太平、繁荣鼎盛的象征。但是好景不长,自宋室南渡,偏安之局已定,杭州虽一度繁华如昔,然而这种兴盛却被有识之士视为朝纲败坏、统治者纸醉金迷的"销金窝儿",西湖又变成了针砭时事、伤今抚昔的感发对象。宋亡之后,西湖衰柳斜阳,宋遗民又把它视为感怀故国的象征。这西湖已经不是一个单纯的游赏观光之地,被宋际词人赋予了极强烈的伤悼故国的情感色彩,西湖形象伴随着词人们的心路历程不断演变,有了多种多样的审美意境内涵。文章关乎世运,西湖这一面镜子折射出了多重的历史内涵。

南宋偏安,朝廷不思恢复之道,朝堂上下一派歌舞升平、纸醉金迷,冶游享乐之风更胜昨昔。文及翁登第后,因他乃蜀人,赏游之时,一同年出口相问:"蜀地能有此风景吗?"竟不以营建林苑馆阁、流连花前月下为耻,反而沾沾自喜。宋理宗一朝的朝局,周密《武林旧事·序》曾满腹深情地回忆:"乾道、淳熙(孝宗年号)间,三朝授受,两宫奉亲,古昔所无。一时声名文物之盛,号'小元祐'。丰亨豫大,至宝佑、景定(理宗年号)间,则几于政、宣(徽宗年号)矣。"他称孝宗朝之盛远胜往昔,简直是痴人说梦。又将理宗朝的朝局比作北宋末期的徽、钦二宗的时代,社会上风物繁盛、声乐靡丽。又说"朝歌暮嬉,酣玩岁月",整个社会沉迷在虚假的繁荣里面而不自知,营营度日。丝毫没有忧患意识,也没有考虑到"承平乐事为难遇也",风险意识极差。联系张炎一节所言,张枢此时还在组织吟台词社,雕琢丽句、逐唱新声。面对这样的社会风气,又何曾会有人思考虚靡的繁华终不过是浮云易散,若不及早未雨绸缪,真正地振兴朝纲、挽救危局,大梦一旦惊醒之时悔之晚矣。文及翁正是敢于发历史之先声者,是有识之士,不满安于现状、耽于享乐的社会现状,便因此写下了这首辛辣讽刺之作,对于这些"酣玩岁月"的人,不啻于当头棒喝。

"一勺西湖水",以小小一勺西湖水起兴,也是对提问之人的回答,这小小的一勺西湖水能反映出一个非常大的时代问题。"渡江来,百年歌舞,百年酣醉",直接指出时代矛盾的根源——南宋渡江以来,经历了百余年,然而却安于东南一隅之地,沉迷享乐、不思进取,甚至放弃了对中原故地的争夺。以一勺西湖水的"小"来暗示南宋固守于狭小的一隅;水乃天下至柔,又以其"柔"暗示朝局政策软弱无力,又完全心安理得地无视天下大业,安于眼前的繁华而不思恢复之道;此三句将文及翁个人对整个统治阶层目光短浅的讥讽、安于现状的不满的种种情感表露无遗。"回首洛阳花世界,烟渺黍离之地",唐之东都洛阳向以牡丹花会闻名,富庶繁华不言而喻,朱敦儒曾言"斜插芙蓉醉洛阳"。这里以"洛阳"代指北宋故都"汴京",暗喻京华旧地往昔也是个烟柳繁华之处。然而北宋覆亡,京华旧地早已是荒烟渺渺,平添黍离之悲。"更不复、新亭堕泪",这里借"新亭堕泪"的典故痛讽朝堂内外连个喟叹山河巨变作楚囚对泣状的人都没有,更谈何会有戮力共复河山的王导式的忠臣良将呢。当然,这里所嘲讽的对象也包括与他一起赏西湖美景,却沉迷其中洋洋自得的那些同年们。文及翁指出北宋亡国之事,亦是前车之鉴,南宋朝廷的建立正是因为北宋朝纲不振、社会腐败、贪图声乐之乐,痛心于朝廷上下没有痛定思痛的忧患意识。悲剧就在历历在目,然而眼下却只知"簇乐红妆摇画舫",狎妓冶游、画舫歌吹,纵情于声色之欢。由画舫歌女的靡靡之音,联想到晋代祖逖江上豪迈的誓言,雄心壮志力图恢复。"问中流、击楫何人是?千古恨,几时洗?"又用一东晋南渡之典故,使用问句起到加强语气的效果,增强文及翁的悲愤苦痛的情绪。同样是渡江南来,长江天堑横亘南北,能够抗敌的人却再也没有了!故意反问,实际上是痛责当权者,水上之行舟是歌坊而非战船,如此沉迷甚至沾沾自喜,这靖康之耻到何时才能够洗血呢？感情悲愤激壮却又沉痛不已。词之上阕夹叙夹议，使情感走向悲壮的高潮。

"余生自负澄清志"，用陈蕃澄清天下的典故来表明文及翁登科步入仕途后，渴望能够有所作为的志向。这里承接上阕，起到过渡的作用。一方面是与朝廷文耽武嬉、沉迷享乐的士大夫形成对比，另一方面又回答了游湖同年的问题，表明自己的立场及理想：我的志向是匡扶社稷并没有心情游山玩水，这比直接答复蜀地无此山水还要让人感到无地自容。值得注意的是，词中使用的三个典故都与晋室南渡有关，这与中国历史上的两个朝代的两次南渡有关，李清照亦有"南渡衣冠少王导，北来消息欠刘琨"之零篇断句。同样是无奈迁都的统一王朝，在南宋词人的眼里东晋的能人志士尚有力图恢复的宏愿，这实在是对南宋朝廷粉饰太平的莫大讽刺。"更有谁、磻溪未遇，傅岩未起"，文及翁继续使用姜尚与傅说的典故，期待所有的有志之士都能像这两个人一样得遇明君，辅佐君王从而天下大治。君臣得遇，被有道贤君赏识一直都是中国历代知识分子最大的理想与幸运，现实的情况却是人才没有被征用，国事日非。文及翁再一次剖明心迹，希望自己能够起到匡扶社稷的作用，而不是比较何处山川更加秀丽的庸碌之辈，又一次不屑于同年之人的行径。紧接着，文及翁痛心疾首地发问："国事如今谁倚仗，衣带一江而已!"再一次进行批判,问题矛头直指政治中枢乃至统治者。国家大事没有可依靠的人,金朝虎视眈眈,元朝也即将代之而起,南宋最后的屏障也只剩下区区一条长江而已。便是这样的危险境地,尚不知反省、力图振作,却昏聩地认为"江神堪恃",荒谬绝伦之处不亚于"不问苍生问鬼神"。"借问孤山林处士,但掉头、笑指梅花蕊",文及翁用林逋的典故,这里并不是用来赞赏那些隐逸高洁之士,而是利用反语,讽刺那些不问国事的自命清高、附庸风雅之辈。文及翁对这些沽名钓誉之人的强烈不满溢于言表,没有救国安邦的政策,却总是自命不凡、自视甚高。最后以"天下事,可知矣"结束全词,整首词通过正反对比无情揭露整个朝廷的糜烂、朝纲废弛的现状。结局已经写在了历史书上,南宋真的就是不堪凭借那所谓的天险长江,最后退守到了崖山,随着那十万军民毅然决然地绝望一跳,国亡了。文及翁当真是说中了南宋的朝政时局,空有澄清之志,却没有施展才华的机会,白白葬送了大好局面,甚至是无限江山,充满了愤懑与无奈!他是历史的清醒者,他的愤恨和讽刺才会让人记忆犹新、不能忘却。词之下阕以议论为主,多次使用典故,一是文及翁登进士科学识渊博之故,二是使词作更富张力,激起读者的情感共鸣。

南宋末期的士大夫或逃避现实,或妄自尊大,或沉湎玩乐,或败坏朝纲,使得本就岌岌可危的朝廷更加风雨飘摇。文及翁并没有违背对自己的人生志向澄清之志,一直践履着他的政治理想。文及翁对当时的政局有深刻的危机感,对国家安危有清醒的认识,对周围文武官员的自负,他不愿同流合污。他对这一切的批判与鞭挞是通过自己长期观察所得,并不是一时的激愤语。整首词夹叙夹议,又以议论为主,承接了辛派爱国词人豪放的词风。通过一连串的发问,层层推进,将问题与朝局越剖析越深刻。针对同年所提出的问题,不卑不亢地回答,甚至最终达到了批判的效果,也是对宋朝统治者无视国事最辛辣的讽刺。文及翁在元军攻破临安之前,已经弃官而去,绝不能非议他未能坚守到最后一刻。总体来说,文及翁绝对可以称得上是一位很有责任感、敢于担当的优秀士大夫。作为一位遗民群体中的一员,所承担的远非常人所想,关于宋遗民的一些具体问题,会在第四章《晚来天欲雪》中详说,可见本书叙写周密、王沂孙等篇章的相关内容。

吴文英

词人小传

吴文英,字君特,号梦窗,晚年又号觉翁,四明鄞县(今浙江宁波)人,是南宋著名的格律派词人。关于他的生卒年,因实在缺乏资料,难以形成定论。诸多词学名家曾进行过精审的考证,大致得出的结论为:吴文英主要生活在南宋宁宗、理宗两朝,生年距离南宋灭亡约80年,卒年距离南宋灭亡约10年。

吴文英一生未能登科第,未获功名,亦未被授予任何官职。一生的活动踪迹,大致未出江、浙二省之内,尤以苏、杭二地为多。通过翻检吴文英词集《梦窗词》中若干词下小注,大略可推知其生平事迹。吴文英终身以游幕为生,充任清客幕僚,旅食于各高官显贵之门下,经常陪同这些权贵游山玩水、吟词作赋。因此,词集中奉酬之作尤其多。吴文英曾在苏、杭有二妾,苏州的姬妾因为一些迫不得已的缘故而与他分开,杭州之恋人与他分别不久之后又不幸辞世,两场恋情都以悲剧收场。他将心灵上的悲伤都寄托在词作之中,爱情词作写来深挚动人,将缠绵悱恻的感情写得哀感顽艳,有很强的身世之感、飘零意绪。吴文英晚年客居越州(今浙江绍兴),依附于浙东安抚使吴潜与嗣荣王赵与芮,终困踬以死。

《全宋词》收录吴文英词作341余首,词集原题为《霜花腴词集》,乃其自编手定,今不传。毛晋汲古阁刊《宋六十名家词》本中吴文英词集题名为《梦窗词稿》,分甲、乙、丙、丁四稿并补遗一卷,《四库全书》本亦从此出。太原张廷璋藏抄本《梦窗词集》不分卷,《疆村丛书》本从此本出,朱祖谋老先生历二十年凡三校其稿,考订最精,校勘翔实。今人校释本有孙虹、谭学纯的《梦窗词集校笺》(中华书局)、吴蓓的《梦窗词汇校检释集评》(浙江古籍出版社)、陶尔夫笺译之《梦幻的窗口——梦窗词选》(商务印书馆)等。吴文英的词作风格独特,意象幽深,具有很强的神秘感,代表作主要有《莺啼序·春晚感怀》《浪淘沙慢·赋李尚书山园》《祝英台近·除夜立春》《八声甘州·陪庾幕诸公游灵岩》等。

三姝媚·过都城旧居有感

湖山经醉惯。渍[1]春衫、啼痕酒痕无限。又客长安,叹断襟零袂[2],涴尘谁浣[3]。紫曲门荒,沿败井、风摇青蔓。对语东邻,犹是曾巢,谢堂双燕[4]。

春梦人间须断。但怪得、当年梦缘能短。绣屋秦筝[5],傍海棠偏爱,夜深开宴。舞歇歌沈,花未减、红颜先变。伫久河桥欲去,斜阳泪满。

词作题解

该词选自吴蓓的《梦窗词汇校检释集评》[1]。

《三姝媚》,词牌名,据谢桃坊先生《唐宋词谱粹编》所载,乃南宋新声,史达祖所创。双调,共99字,上下阕各五仄韵。调势平缓,情感凝塞压抑,宜于抒写沉郁凄苦的情感。

吴文英曾寓居临安,有一杭州爱妾,不幸早亡。晚年重游临安旧地,吴文英时以词悼之,这首词便是追念杭州爱妾的悼亡之作。

---

① 吴文英:《梦窗词汇校检释集评》,浙江古籍出版社,2007年版,第651页。

词作注释

(1) 渍：浸染、沾染。

(2) 襟：本意是衣服的交领，后指衣服的前幅，上衣或袍子前面的部分。袂(mèi)：衣袖。

(3) 涴(wò)：弄脏、染上。浣(huàn)：洗涤、清洗。

(4) 谢堂双燕：刘禹锡《乌衣巷》："旧时王谢堂前燕，飞入寻常百姓家。"

(5) 秦筝：原是古秦地（今陕西一带）的一种弦乐器。白居易《邓鲂、张彻落第》："奔车看牡丹，走马听秦筝。"

词作赏析

从严格意义上来说，这首词虽然不是描绘杭州的美景，但却谱写了一段与杭州有关的刻骨铭心的恋情，一场关于风花雪月的故事，让人好生伤怀、不胜唏嘘。浪迹江湖的吴文英，路过都城临安的旧居，这里是他和曾经心爱的杭州爱妾共同居住过的地方，两人在此处有着让人念念不忘的缱绻往事。但如今却满目荒凉，物是人非。吴文英是个感情异常细腻丰富的词人，他与杭州爱妾的生离死别，是他心中最痛苦的回忆之一。该词情感摧心凄怨，缠绵悱恻，动人心弦。

词之上阕着重铺写重经故居时，园中一派萧索荒凉的景象。"湖山经醉惯。渍春衫、啼痕酒痕无限"，吴文英首先回溯多年来漂泊江湖的飘零情愁和沦落失意的生活状态。这里的"湖山"并非特指哪一片湖泊，哪一座山川，而是一个虚化的意象。形容吴文英宦游之广，忧患飘零，每行至一处便又是一处醉眠伤心地。浪迹江湖的吴文英落魄不得志，借酒消愁已是生活中的常态。杜牧曾写下"落魄江湖载酒行"，酒与穷愁潦倒永远形影不离，"啼痕""酒痕"是吴文英凄苦无助最好的具现，所有的失意都通过这两个词烘托出来，用麻醉自己以缓解痛苦而不得的生活状态。这句中的"啼痕酒痕无限"可以与张炎《高阳台·西湖春感》中的"掩重门，浅醉闲眠"作形象勾画上的对比，张炎依然有落魄贵公子儒雅的一面，有一种闲适的情绪状态在里面，伤怀故国的痛有退缩、胆怯的意味在其中；"啼痕酒痕无限"的形象是失魂落魄、失常忧虑、精神懒散的样子。两位词人因人生阅历、生活经验等方面的不同，塑造了两种完全不同的人物形象，词为心声。吴文英情感的释放在回到故居的那一刻爆发，顿时失意彷徨、茫然无措的情绪便涌上心头。于是，吴文英又把时间轴拉回到当下，"又客长安，叹断襟零袂，涴尘谁浣"，但是情感的表达依然还是极其克制的。长安代指都城临安，曾经和心爱之人的栖息之地变成了"客"居，因为没了亲人，便再也没有了家,"客"是点睛之笔。"断襟零袂,浣尘谁浣",照应"渍春衫,啼痕酒痕无限",再进一步勾勒出吴文英形单影只、无所依凭的窘困现状。衣衫褴褛的词人,不仅是经济上处于贫困拮据的状态,生活中再也无人为他换洗衣尘,产生了形单影只的孤独感,曲折地突现出了吴文英茕茕孑立的人物形象,然而他依然还要在江湖之中踯躅前行。"紫曲门荒,沿败井、风摇青蔓",这是描写吴文英眼前曾经的居所败落萧条的场景。曾经居住的院落早已荒芜,沿着败井颓垣,野草似的疯长着的青蔓在风中摇曳。想象一下,也许耳边会有青蔓正飒飒作响,视觉感受引起了读者听觉上的通感。"对语东邻,犹是曾巢,谢堂双燕",化用了刘禹锡诗句"旧时王谢堂前燕,飞入寻常百姓家"。吴文英想要和曾经的邻居叙旧,怎料邻居也已经离去,也是同样的门庭冷落,唯有曾经筑巢的燕子依然在檐下啼鸣,风中回响着鸟鸣与风吹青蔓之声。这里是以小见大,吴文英将自身的寥落与衰颓和整个南宋晚期社会的衰落与颓败结合在一起,用自身周遭的小环境暗喻整个社会无可挽回的衰败气氛。

词之下阕又开始追忆故居曾经的繁华。吴文英感慨万千、伤今抚昔,凝聚了一句"春梦人间须断",实乃沉痛语也。春梦终究是短暂而又无可追寻的,外力也从来无法更改,始终是要脱离梦幻走到人间的。这又让人想起

"世间好物不坚牢,彩云易散琉璃脆"的话,美好的感情、美好的事物都是容易消逝,难以久持的,更何况是一场无法追寻的梦幻呢?"但怪得、当年梦缘能短",吴文英确实是懂得春梦须断,理应面对现实的道理的,然而终究还是不愿面对现实。吴文英一厢情愿地埋怨这场美梦太过短暂,梦醒得太快,现实来得也太过迅速。"绣屋秦筝,傍海棠偏爱,夜深开宴",是吴文英对美好过去的追忆。华屋高堂,袅袅筝声,明烛点燃,烧照红妆。苏轼诗有"只恐夜深花睡去,故烧高烛照红妆",怜惜娇艳的海棠悄然盛放,不愿花开寂寞清冷凋谢,夜深赏海棠的一腔痴情。回想一下吴文英坎坷的过往,他所表达的已不仅仅是怜惜海棠的痴情,而是怜惜当年与他一同夜深开宴的那个心爱之人。她曾如海棠一样娇艳照人,青春正盛,海棠花开尚有欢宴陪伴,而曾经的爱人凋零而去,又有谁在她的身旁呢?当年的轻歌曼舞巧笑伊人,到而今却是"舞歇歌沈,花未减、红颜先变"。花开能几时,佳人难再得。从此,他们便阴阳两隔,往日的歌舞场成荒场,欢愉都如春梦一去杳无踪迹。花会再开,然而吴文英梦中追寻的人,却早已是红颜枯骨。"伫久河桥欲去,斜阳泪满",时间轴又再次被拉倒当下,吴文英这一番追忆,百转千回之间时光倏忽而逝,他默然地站在故居边的桥上久久凝视。虽然惆怅心痛但却又不舍得离去,孑孓踯躅在夕阳斜晖之下。全词以景作结,富有余韵,吴文英不断回首,眼中饱含热泪,内心沉痛的情感跃然纸上。

吴文英是南宋著名的格律派词人,具有鲜明的创作特色。前文曾在介绍周邦彦的词作《苏幕遮》时,提及周邦彦被誉为"集北宋之大成,开南宋之先声"的婉约派集大成者和格律派的创始人,导南宋姜夔、吴文英格律词派之先河,此二人词作姜夔得其清空,吴文英得其密丽,能各得其神髓。吴文英词作言深旨远,词情密丽幽微,时而又流露出郁塞之气,是个创作上极具鲜明特色的词人。他继周邦彦、姜夔之后,进一步丰富发展了词的创作,开辟了一条词的发展新道路。他们二人的词作各具特色,姜夔词作特色可参见《疏影》一节的词作赏析。

如柳永一样,历代词家对吴文英的评价也是毁誉参半。张炎称其"梦窗词如七宝楼台,炫人眼目,碎拆下来,不成片段"[1]。王国维称其为"映梦窗,凌乱碧"[2]。但是,四库馆臣又提出:"词家之有文英,如诗家之有李商隐也。"(《四库全书总目提要·梦窗词提要》)况周颐赞其"梦窗密处,能令无数丽字一一生动飞舞,如万花为春,非若琱瑵绣帨毫无生气也"[3]。针对这样时而赞誉有加,时

---

[1] 张炎:《词源》,《词话丛编》第一册,中华书局,2005年版,第259页。
[2] 王国维:《人间词话》,山西古籍出版社,2002年版,第27页。
[3] 况周颐:《蕙风词话》,上海古籍出版社,2009年版,第51页。

而评价又过低的情况,叶嘉莹老师曾指出其中的一个重要原因:"梦窗词遗弃旧传统而近于现代化"。吴文英密丽晦涩的词作,对当时的文坛来说是一种新变的产物。从词学史的角度来说,吴文英晚起于辛弃疾与姜夔,想要突破这两个人所笼罩的南宋词坛,可谓难于登天。辛弃疾有通天之才,经史百家皆可入词,其豪迈雄健的词风,吴文英不论学识、阅历都实在是难以望其项背。但若是一味沿袭姜夔清空峭拔的词风,即使二人都脱胎于周邦彦,吴文英也几乎不可能超越姜夔的艺术成就,也只是拾人牙慧而已,难以有所寸进。正是基于此,吴文英没有沿着辛、姜二人所开创的词学道路继续前行,转而在词作中的艺术技巧上进行了一次大改造,就有了"诗家之李商隐"的评价。当时的南宋词坛可能并不能完全理解他的艺术成就,也不如诗家赞赏李商隐那样交口赞誉吴文英的词作,这也是出于词特殊的文体特征,需要后人不断去理解、挖掘吴文英词作的内蕴。

吴文英的艺术特色在于造境,创造前人所没有构筑过的境界,这是他自己开创的独特的梦幻一般的境界,并且矢志不移地反复践履。据不完全统计,吴文英300多首词中,出现"梦"或"梦境"的概念,至少有200多次,可以说是不折不扣的造梦大师。吴文英不喜直接抒写自己的情感,不同于前文所言之周邦彦。周邦彦在慢词中抒写情感的方式,依然还不能完全脱离于故事情节的叙述,他善于布置章节结构,力图使故事叙述得跌宕起伏,但是依然依赖于故事情节。在这些感情故事的波澜与层次之外,吴文英的创新之处在于创造了"如梦似幻"的虚拟现实,采用梦幻与现实的交叉回溯的叙述方式,甚至让片段性的回忆不间断地闪现,曲折地表达自己的情感。这些不断频繁闪现的片段,陶尔夫先生称之为"没完没了的难圆的梦"①,吴文英反复穿梭于现实与梦境之间,似在梦中又好像在现实里,甚至他哪怕知道是梦,也愿意沉沦在他自己所编织的梦的谎言里,吴文英实在是个"痴人"。这首《三姝媚·过都城旧居有感》通过上文的文本梳理之后,我想读者亦会有所体会。吴文英不断地在现实与梦境里徘徊,梦牵扯着他的情绪。"伫久河桥欲去,斜阳泪满",吴文英不自觉地默立桥头,任时光匆匆流逝,他沉浸在海棠夜深开宴的梦境里。吴文英常选取一些很华丽幻美的物象,追取一种绵密的幽微密丽之美,这便是被诸多词家诟病的"七宝楼台"。然而这种"密丽"的审美特质并不是吴文英所首创,温庭筠乃导其源头之人,可举最具代表性的《菩萨蛮(小山重叠金明灭)》为证。种种华丽物象的交叠,充斥着读者的视觉感受。与南宋诸名家相反,在

---

① 陶尔夫:《梦幻的窗口——梦窗词选》,商务印书馆,2017年版,第5页。

一定程度上,吴文英是向北宋乃至晚唐词人的回归,这也算是一种文学发展史上的范式:复古。所不同于前人的是,在创作技巧上,吴文英更胜一筹。他同那些脱胎于周邦彦的格律派词人一样,能够娴熟地谋篇布局,在词作结构上进行推敲,进而营造出一种难以追寻的梦幻般的审美境界,使得"万花为春"。近现代作家称这样的创作方式为"意识流",从这个角度来说,吴文英可以称得上是领先时代又别具特色的词人了。吴文英的词作具有很强烈的跳跃性,在事件发生的时间上大做文章,展现了有别诸人的时空观。同样是以《三姝媚》为例,吴文英由"谢堂双燕"进入了一场"幻境",他偏执地认为这燕子曾是筑巢在故居的燕子,于是燕子便成了一个打开梦幻之窗的信使,现实与梦产生了交集与重叠,燕子引起了他下阕词中所有梦幻的想象。他在梦中重新演绎了美好的过往,哪怕他知道是梦、是虚幻。通过联想和想象把过去和现在全部交织在一起,让人感到时空错置般的茫然,同时又将自己内心的痛苦融入梦里,彻底地将笔下的景物、人物、事件等都拿来作为表现自己感情的媒介。反观周邦彦,他是用结构的大开合、大转折,产生情感的落差从而引起情绪上的共鸣。当然,吴词中象征性、隐喻性的意识流动的形成,离不开用借代、用典等艺术技巧来表现,例如前文所分析的海棠和"谢堂双燕"等。总之,"不成片段"的谋篇布局之中,梦境中流淌着伤心欲绝的情感,加之以艺术技巧的娴熟运用,最终形成了他词作中独特的缥缈幽远、密丽晦涩的美学风貌。

三秋思落谁家

潘　阆

词人小传

潘阆，字梦空，一说字逍遥，号逍遥子。北宋初期著名文人，有诗名，有《酒泉子》十首。潘阆为人放浪不羁，他的一生极富传奇色彩。潘阆早年在汴京讲堂巷经营了一家药铺。宋太宗太平兴国七年(982年)，时为宰相的卢多逊谋立宋太祖之子秦王赵廷美为帝，潘阆曾参与其废立之事。其后，卢多逊和赵廷美谋立之事败露，潘阆受其事株连而遭到追捕。最终，潘阆因假扮僧人逃进中条山(位于今山西省南部黄河北岸)，一路辗转逃亡，后抵达杭州、会稽等地，依然以卖药为生。

宋太宗至道元年(995年)，潘阆因宦官王继恩推荐而被宋太宗召见，赐进士及第、国子四门助教。因潘阆性格过于疏狂悖妄，为人又桀骜不羁，居官未久便被追还诏书。宋太宗驾崩之前，潘阆继而又与王继恩、参知政事李昌龄、枢密赵镕、知制诰胡旦等人谋立太祖之孙赵惟吉为帝。谋立之事终究败露，宋真宗即位后，将王继恩等人一一诛杀，潘阆遂又潜逃至舒州潜山寺，免于杀身之罪。咸平(宋真宗年号)初年，潘阆入汴京后被捉拿下狱，真宗亲自过问逮捕审讯，不久竟又获得真宗的宽释，不仅免于死罪而且被授予滁州(今属安徽)参军。赴任滁州途中，潘阆写有《赴滁州散参军途中书事》诗："微躯不杀谢天恩，容养疏慵世未闻。昔日已为闲助教，今朝又作散参军。高吟瘦马冲残雪，远看孤鸿入断云。到任也应无别事，愿将清俸买香焚。"潘阆犯谋逆大罪，却又数次死里逃生；谋逆之人，却又被皇帝召见授予官职，际遇十分离奇神妙。他的心计、谋略和自解危困的智慧让人惊服。让人不由想起，战国时期那些游说众国，以三寸不烂之舌退百万雄师，终解自身危局的纵横家风采。

潘阆晚年悠游于大江南北，寄情山水，卒于泗上(今江苏省淮安市一带)，后由道士冯德之将其遗骨迁葬于杭州。集贤院钱易为其做墓志铭，有云："逍遥尝与道士冯德之居钱塘，约归骨于天柱山。大中祥符三年(1010年)为泗州参军，卒于官舍。德之遂囊其骨归吴中，葬于洞霄宫之右。"现今杭州城中尚有"潘阆巷"。潘阆有诗才，曾与寇准、钱易、王禹偁、林逋、许洞等人交游，诗文唱和，著有《逍遥集》，词集名为《逍遥词》。唐圭璋先生《全宋词》收录其词11首，今流传词集版本情况有：黄静石刻本(刻于杭州西湖)、明钞《宋明九家词》本、清鲍氏知不足斋钞《唐宋八家词》本、《四印斋汇刻宋元三十一家词》本,等等。

酒泉子

长忆吴山⁽¹⁾,山上森森吴相庙⁽²⁾。庙前江水怒为涛。千古恨犹高⁽³⁾。

寒鸦日暮鸣还聚。时有阴云笼殿宇。别来有负谒⁽⁴⁾灵祠。遥奠酒盈卮⁽⁵⁾。

词作题解

该词选自唐圭璋先生《全宋词》[①]。潘阆填有联章组词《酒泉子》十首(均附录于文后),追忆了自己曾游赏过的西湖、孤山、灵隐寺等多处风景名胜,全方位立体地描绘了江南钱塘一带繁华富庶之地的风俗与美景。本词乃《酒泉子》十首之八,潘阆为凭吊伍子胥而作,属于怀古词。

《酒泉子》,词牌名,小令,乃唐朝之教坊曲。词调上

---

① 唐圭璋:《全宋词》卷一,中华书局,2009年版,第6页。

下阕之间,字数不同,句式不同,韵位亦略有差异,词调情韵更富于变化。敦煌曲子词中共有三首《酒泉子》,皆是用来描写战争的边塞词,风格豪放,文字简朴,苍劲有力。文人开始投入填词的创作之后,吸收民间词调时亦多有改良。西蜀文人的《花间集》中《酒泉子》则多用于抒情写景,风格又偏于婉约柔美。可见,《酒泉子》这一词调在抒情效果上极具多样性。

酒泉,郡名,以"城下有泉""其水若酒"而得名。西汉时曾设置酒泉郡,河西四郡之一。

词作注释

(1) 长:经常、时常。王安石《题湖阴先生壁》:"茅檐长扫净无苔,花木成畦手自栽。"吴山,位于浙江杭州市西湖东南,左连钱塘江,右瞰西湖,春秋时乃吴西界,因此得名。亦有人谓,此山因建有伍子胥祠,故称之为"胥山"。金主完颜亮《南征至维扬望江东》:"提兵百万西湖上,立马吴山第一峰。"

(2) 吴相庙:上文所提及的伍子胥祠,伍子胥因规谏夫差而被赐死,后人立庙祀之,遂称吴相庙。

(3) "庙前"二句:吴相庙前潮水汹涌,千百年来,被冤杀了的伍子胥依然怨恨难消。《太平广记》卷 291 载:"自是(伍子胥死后),自海门山潮头汹高数百尺,越钱塘渔浦方渐低小。"辛弃疾《摸鱼儿·观潮上叶丞相》亦有:"堪恨处,人道是、屈镂怨愤终千古。"

（4）谒(yè):拜见、拜访。曹植《赠白马王彪》:"谒帝承明庐,逝将归旧疆。"

（5）卮(zhī):古代盛酒的器皿。南朝宋之鲍照《拟行路难·其一》:"奉君金卮之美酒,玳瑁玉匣之雕琴。"

词作赏析

联章词脱胎于联章诗,而联章诗最早则可以追溯到《诗经》中的"重章叠句"的运用。其后发展至《九歌》,形成了一组诗歌中各章节内容相关联的创作形式。魏晋南北朝时期,联章体诗歌的创作则进一步完善,最终盛于唐朝,如魏国曹植《赠白马王彪》七章、唐朝杜甫《秋兴八首》等。格律体联章诗的出现,亦逐渐形成了相对固定的创作样式。在一定程度上,联章诗的成熟推动了联章词的产生,唐宋联章词的出现可以说是文体之间互相影响的结果,诗中联章体的创作技巧自然而然地在词的创作中得到了充分运用。从敦煌曲子词到花间词再到宋代文人词,来源于民间的联章词,经唐宋文人之手运用娴熟,不断在技巧上进行改良与创造,从而得到了进一步发展。敦煌曲子词中有《十二时》乃十二首词的联章,晚唐张志和有《渔父词》五首联章,五代韦庄作《菩萨蛮》五首,再到宋初欧阳修《采桑子》十三首,周邦彦亦有四首《蝶恋花》专咏柳等,联章词的出现使得词的抒情性得到进一步开发,内容信息量得到了扩大。在铺陈吟咏对象时,词人可以有更大的叙述空间,使得言情体物更为真挚细腻,每首词之间还可以产生更紧密的连续性,从不同的角度进行叙写。从另一方面来看,叙事抒情功能的增强亦使词开始走向曲化,最终催生了"曲"这一文体的诞生。

本节所选潘阆所作之《酒泉子》(长忆吴山)乃十首联章词中的第八首,从体式的角度来看,《酒泉子》属同调联章词,以小令的形式进行联章。当然,也曾出现过异调联章词,组词中使用不同的词调,如南宋陈著用《宝鼎现》《真珠帘》《金盏子》《玉陋迟》四个词调分咏春、夏、秋、冬,作四时怀古词。北宋初期的联章词,多是采用同调小令的形式,围绕着一个主题全方位地不遗余力地进行勾勒。这种联章词不同于词之双调、三叠等形式,双调或三叠在内容上更为紧密,或借景抒情或登高怀古,有较为一致的情感脉络和情节叙述。而组词则是对不同的描写主体,从不同的描写角度进行格式各异的叙写。简单来说,单独拆开任何一个联章组词,依然还是一个独立成篇的词作;而词之上下阕、三叠乃至四叠,拆开之后虽不乏佳句,但会减少整首词之间情韵相连的意趣,仅仅是一个叙述片段而已。

在潘阆之前,吟咏杭州风光的联章组词,较为知名的是白居易所填的三首《望江南》,潘阆将这一题材的歌咏扩展至十首,尽显出追忆似水年华般的怀旧情绪。这一组《酒泉子》主要是描摹杭州的风俗人情以及形形色色的湖光美景,全面详尽地勾勒杭州风情,几乎将此地所有的山水名胜都纳入其中。如果说柳永《望海潮》是一部杭州的城市风光纪录片,那么潘阆所填写的每一首《酒泉子》就是一部短小精悍的微视频。《古今词话》中论及此词有言:"石曼卿①见此词,使画工彩绘之,作小景图。"但是,本节所选的词并不侧重于对山水名胜的描摹,而是哀叹一段吴越争霸时期的历史,是一首吟咏杭州故事的怀古词。伍子胥本是楚国人,他的父亲伍奢是楚国的太子太傅,因太子被诬陷受到了牵连。伍子胥的父兄被楚王诛杀,伍子胥逃亡到了吴国投奔阖闾,辅佐他振兴吴国、攻打楚国、讨伐越国,成就了吴国霸业。阖闾死后夫差继位,放弃了一直以来"联齐灭越"的政策,伍子胥忠心辅佐夫差反而被诬陷谋反,终被赐属镂剑自尽而死。伍子胥极其怨愤,死前吩咐家人要把他的眼睛悬挂在姑苏城(今江苏苏州)东门之上,要看着越国攻陷吴国。吴王听后大怒,

---

① 石延年(994—1041年),字曼卿,又字安仁,别号葆老子。祖籍幽州(今河北涿县),移居宋州宋城(今河南商丘),北宋初年著名书法家、诗人。

将他的尸骸用鸱夷革裹着沉入江中。吴人为哀叹他的不幸与冤屈，便在江边立祠，就是词中所描写的"吴相庙"。

首句"长忆吴山"，"长忆"二字是整首词的领字。一般来说，在形式上联章词以首句重复或者以首句的个别几个字重复为主，这组联章词皆以"长忆"开头，形成了复沓的定式。"山上森森吴相庙"，深山掩映之下的吴相庙格外的静谧威严。杜甫《蜀相》诗有："丞相祠堂何处寻？锦官城外柏森森。"森森是形容树木繁茂、茵茵如盖。庙前植松柏，千百年来早已草木森森，伍子胥庙一直受到了当地百姓虔诚的敬奉，同时也能烘托出庄严肃穆，使人心生敬畏。"庙前江水怒为涛。千古恨犹高"，吴王夫差昏庸无知又听信谗言，枉杀了忠臣，这种残暴的行径激起了百姓的愤慨。《太平广记》卷291载："自是（伍子胥死后），自海门山潮头汹高数百尺。"潮水汹涌乃是自然外力，但是有良知的百姓将此与伍子胥的冤死联系起来，将怒涛奔腾想象成对伍子胥的悲剧而产生的怨愤，似乎江水也通人情为其鸣冤。是非曲直自在民心，百姓的悲愤借由江水托出，更见冤情郁塞难言、有悲难诉、衔恨之深。辛弃疾《摸鱼儿·观潮上叶丞相》亦借用伍子胥忠而见疑的典故，抒发了有志难伸、怀才不遇的愤懑之情，借古人酒杯，浇心中块垒。包括潘阆在内的北宋早期文人，填写的词作都有一种不饰雕琢的天然美，保留着晚唐五代尤其是继承了南唐词人的朴素空灵的神韵,抓住一个片段进行点染。此处对伍子胥典故的应用,起到了情绪的直接感发作用,是渲染感情的手段,两者在抒情效果上略有差别。

词之下阕换头句"寒鸦日暮鸣还聚",日暮暗沉,寒鸦成群结队地悲鸣,以"寒鸦""日暮"进行点染,继续烘托寥落悲苦的环境氛围,笼罩着久久无法散去的悲凉阴郁的气氛。同时照应上文"山上森森吴相庙",又引起下文"时有阴云笼殿宇",起承转合之间,潘阆依然以点带面、不着痕迹地进行着环境的渲染。寒鸦的啼鸣声哀哀切切、吱吱呀呀,好像引来了阴云,笼罩着吴相庙。肃穆静谧的祠庙与阴冷森森的气氛,更容易引起读者阴郁悲伤的情绪。长调善于铺陈景色勾勒描摹,而小令最擅长的却是用形形色色的物象来营造环境,引发读者的情思。用情境表达情绪的张力,这一抒写方式在唐人绝句中使用得非常多,举个耳熟能详的例子:王昌龄《长信怨》之"玉颜不及寒鸦色,犹带昭阳日影来"。从这一点亦可看出,北宋早期的小令在学唐人诗歌的遣词造句上,可谓是炉火纯青。词的发展,尤其是文人对民间词的大力开拓,离不开诗歌的创作因素对词的填写技巧产生的非常重要的影响力。这种"诗词相乱"的现象,一直影响到整个词学史的发展,甚至蔓延到了清词,是一个极其复杂的文学现象,感兴趣的读者可以专门阅读一些相关书籍。"别来有负谒灵祠",上文所描写的"森森"吴相庙、山前"怒涛"、寒鸦聚鸣、阴云笼殿,这些凄凉静谧的物象,都是为了铺垫"灵祠"。正是因为祠堂有"灵",才会反衬出人间的无情。"遥奠酒盈卮",潘阆以酒遥祭伍子胥的忠魂,以表达对他的敬仰孺慕之情。历史会给予忠臣良将最公正的评价,善恶褒贬的甄别与判断,是任何一位有操守、有道义的文人所应具备的责任与立场,这就是文人的风骨。这样忠魂才不会湮灭,良知才不会埋没,会一代又一代地传承下去,后人自会明白道义之所在。

整首词语言简洁明了,结构自然灵动,善于进行环境氛围渲染,感情充沛,很有打动人心的力量。伍子胥有冤难诉的激愤与潘阆所营造的种种寒凉的场景,紧紧地融合在一起,相得益彰,有很强烈的代入感。最后,在遥祭忠魂的高潮中,戛然而止怅然落幕。

附录:

酒泉子十首

之一

长忆钱塘,不是人寰是天上。万家掩映翠微间。处处水潺潺。

异花四季当窗放。出入分明在屏障。别来隋柳几经秋。何日得重游。

之二

长忆钱塘，临水傍山三百寺。僧房携杖遍曾游。闲话觉忘忧。

旃檀楼阁云霞畔。钟梵清宵彻天汉。别来遥礼只焚香。便恐是西方。

之三

长忆西湖，湖上春来无限景。吴姬个个是神仙。竞泛木兰船。

楼台簇簇疑蓬岛。野人只合其中老。别来已是二十年。东望眼将穿。

之四

长忆西湖，尽日凭阑楼上望。三三两两钓鱼舟。岛屿正清秋。

笛声依约芦花里。白鸟成行忽惊起。别来闲整钓鱼竿。思入水云寒。

之五

长忆孤山，山在湖心如黛簇。僧房四面向湖开。轻棹去还来。

芰荷香喷连云阁。阁上清声檐下铎。别来尘土污人衣。空役梦魂飞。

之六

长忆西山,灵隐寺前三竺后。冷泉亭上旧曾游。三伏似清秋。

白猿时见攀高树。长啸一声何处去。别来几向画阑看。终是欠峰峦。

之七

长忆高峰,峰上塔高尘世外。昔年独上最高层。月出见觚棱。

举头咫尺疑天汉。星斗分明在身畔。别来无翼可飞腾。何日得重登。

之八

长忆吴山,山上森森吴相庙。庙前江水怒为涛。千古恨犹高。

寒鸦日暮鸣还聚。时有阴云笼殿宇。别来有负谒灵祠。遥奠酒盈卮。

之九

长忆龙山,日月宫中谁得到。宫中旦暮听潮声。台殿竹风清。

门前岁岁生灵草。人采食之多不老。别来已白数茎头,早晚却重游。

之十

长忆观潮,满郭人争江上望。来疑沧海尽成空。万面鼓声中。

弄潮儿向涛头立。手把红旗旗不湿。别来几向梦中看。梦觉尚心寒。

潘阆这组《酒泉子》从时间、空间上对杭州进行了多角度的描绘,再现了民间的风俗人情和地方上的名胜古迹。这也是北宋初期经济发展下,社会稳定、百姓生活富足最直观的反映。潘阆对一座城市,不惜花费大量笔墨,不厌其烦地歌咏,林林总总地细致刻画,正是对美好生活最真实的记录,对当时社会生活多姿多彩最有利的明证。

柳　永

词人小传

词人生平事迹可见本书《望海潮·东南形胜》词人小传。

满江红

暮雨初收,长川(1)静、征帆(2)夜落。临岛屿、蓼烟(3)疏淡,苇风萧索(4)。几许渔人飞短艇,尽载灯火归村落。遣行客(5)、当此念回程(6),伤漂泊。

桐江(7)好,烟漠漠(8)。波似染,山如削。绕严陵滩(9)畔,鹭飞鱼跃(10)。游宦区区成底事(11),平生况有云泉约(12)。归去来(13)、一曲仲宣(14)吟,从军乐(15)。

词作题解

《满江红(暮雨初收)》引自陶然、姚逸超校笺的《乐章集校笺》①。据《唐宋词格律》所载:《满江红》词调首创自柳永,集中入"仙吕调"。上阕八句、下阕十句,一般都使用入声韵,共 93 字。词调声情激越,宜于抒发豪壮的情感和恢宏的气概,如岳飞《满江红(怒发冲冠)》。姜夔《满江红(仙姥来时)》改作平声韵,声情为之一变,似默默如诉,格调清空和缓。

据陶然先生考证,词中出现的"桐江""严陵滩""游宦"等用语,或可推知此词为柳永任睦州团练推官期间所填写。词中主要描绘柳永经桐江过严陵滩畔所见的江边秋景,抒发了柳永宦游漂泊的倦归情绪。

词作注释

(1) 川:江河。这里代指桐江。

(2) 征帆:远行的船只。以船上的帆代指船,以事务的部分指代整体。李白《送殷淑三首》:"流水无情去,征帆逐吹开。"

(3) 蓼烟:江边的水蓼笼罩着淡淡的烟霭,勾勒出江

---

① 柳永:《乐章集校笺》,上海古籍出版社,2017 年版,第 555 页。

边的烟水朦胧之感。蓼:这里指水蓼,多生长于湿地、水边或水中。

(4)苇风:晚风吹拂江边芦苇。萧索:晚风吹过芦苇的声音,产生荒凉、冷落、萧疏的凄清氛围。

(5)遣:使、让。行客:宦游在外的词人自称之词。

(6)回程:归程,归家之路。

(7)桐江:富春江的上游称为桐江,钱塘江自桐庐县流至富春江的一段水域,现位于今浙江省桐庐县。元朝黄公望曾以富春江为背景,绘制了水墨山水名画《富春山居图》。画成之后,此画被辗转收藏,几易其手,又因吴洪裕"焚画殉葬"而身首两段。前半卷名为《剩山图》,现收藏于浙江省博物馆;后半卷《无用师卷》,现收藏于中国台北故宫博物院。2011年,中国台北故宫博物院与浙江省博物馆等方面合作推出"山水合璧:黄公望与富春山居图特展",两幅画卷300余年后再度重合,面世展出。

(8)漠漠:迷蒙而又广阔的样子。王维《积雨辋川庄作》:"漠漠水田飞白鹭,阴阴夏木转黄鹂。"

(9)严陵滩:严陵濑,在浙江桐庐县南,相传是东汉时期的著名隐士严光垂钓归隐之处。严光,字子陵,会稽余姚人。年少时有名声,与光武帝刘秀一同游学。待光复汉室建立东汉政权后,刘秀求贤若渴,多次征召严光出仕授为谏议大夫,却隐居不就,躬耕垂钓于富春山。后人把严光钓鱼之处称为严陵濑,以纪念他不慕富贵的高风亮节。

(10) 鸢飞鱼跃:《诗经·大雅·旱麓》云:"鸢飞戾天,鱼跃于渊",喻指万物皆有所休养生息之地,造化自然。

(11) 游宦:泛指远离家乡外出做官。游宦题材是古代文人士大夫在文学创作中表现比较多的主题之一。底事:何事,为什么?

(12) 云泉:白云山泉,借指自然美景。云泉约:与自然美景有约,这里引申为归隐山林,暗指前文严子陵归隐之事。

(13) 归去来:陶渊明有《归去来兮辞》以抒发其归隐田园的心志,"归去来"便成为后世文人吟咏归隐山林时的典故。

(14) 仲宣:王粲(177—217年),字仲宣,"建安七子"之一。东汉末年,社会动荡不安,地方豪强穷兵黩武。王粲曾在荆州依附刘表而不为其所用,故作《登楼赋》,反映了天下大乱的社会现状,悲叹自己怀才不遇,文中既有倦念故土的乡土深情,也有对建功立业的渴望。宋玉悲秋与王粲登楼是历代文人忧时伤事、不能施展自己的抱负时,最常使用的两个典故。

(15) 从军乐:王粲作《从军行》五首,这是随曹操出征东吴时所作,组诗反映当时山河破碎、战乱频仍的社会里,百姓无处容身的凄惶处境,殷切期望国家能够早日结束战乱,百姓安居乐业的美好愿景。全诗诗风沉郁,慷慨悲凉,是集中体现"建安风骨"的代表作之一,王粲被刘勰誉为"七子之冠冕"。

词作赏析

开卷第一篇《望海潮·东南形胜》中曾引述了四库馆臣对柳永的评价:"词自晚唐五季以来,以清切婉丽为宗,至柳永而一变",《望海潮》的讲读文主要是从词的音乐性及艺术技巧的角度来分析其变旧曲作新声的艺术成就,拓宽了词作在声情表达上的艺术表现力。其实,柳永的贡献远不止于此,他还扩大了词作的艺术主题。词兴起于晚唐五代,它的起源众说纷纭,难以成定论。但是,词用于歌筵,以供歌儿舞女轻启檀口、清歌佐欢的用途是学界一致认可的观点。产生之初,它的题材过于单一,抛开个别词作不谈,主要是男性词人以女性化的口吻,用欣赏女性的眼光,来审视、吟咏女性所具有的柔性美,多抒写男欢女爱的相思与爱情,后世倚声家称之为"男子作闺音"。他们所选取的意象,多局限于亭台楼阁、女性闺房陈设、服饰等,而柳永深化了此类爱情主题的表达方式与词学艺术表现手法,开始站在男性的角度来体察抒写男女之情,从闺阁绣房走向了市井阡陌,从亭台馆阁走向了自然山水。在表现形式上,柳永借用长调的体裁之便,创作时有叙事倾向,比之前的词人更注重景物、情绪等的铺叙表达。同时,柳永拓宽了词作的主题,以词写都市风光,如《望海潮》;写山水行役,比如这篇《满江红·暮雨初收》就是描写山水行泊羁旅行役词的佳作。

此词主要描写了柳永经由桐江过严陵滩的经历,相较于《雨霖铃》细致的场景描写,柳永此作结构上大开大合,写法上从大处落墨。上阕的起句"暮雨初收,长川静、征帆夜落",渡江时,秋雨初停,桐江静谧无波,悄然寂静的江上几只渔船收起了船帆。依然是柳永惯用的以景入手,联系《雨霖铃》的开篇,"寒蝉凄切,骤雨初歇,都门帐饮无绪",柳永有意识地构筑了入夜秋江的平静安逸的环境氛围,渔船不竞、长风未起。"临岛屿、蓼烟疏淡,苇风萧索",渔船落帆,临岸暂留,眼见岸边芦苇萧疏,寒烟淡淡,进一步渲染出秋夜里荒凉冷淡、苦楚萧条的氛围。场景气氛从平静走向了凄清,柳永不疾不徐地熨烫着自己的情绪。"几许渔人飞短艇,尽载灯火归村落",想象一下,入夜时分原本平静的江边,突然闪烁着几点灯火明灭,几艘渔船飞快地划入周边的村落里。疾驰而来的渔船,归心似箭的样子,柳永远远望去竟有漂泊感伤之意。"遣行客、当此念回程,伤漂泊",一直克制的愁绪,突然被回程的渔船打乱,经过不断精心营建而来的萧条落寞的氛围铺垫,是打开柳永伤归愁绪的闸门,思乡情切。词之上阕以写景为主,点面结合,在有限的叙述空间内腾挪,呈现出严陵滩平和肃静的景色。水边山外,江上灯火,岸边渔家,远景近景不断变换,以景起,以情结,首尾相完,很有匠心。

词之下阕换头句,是四句三字短句,承接上文桐江的景色,结构上可以理解为对桐江美景的总结,"桐江好,烟漠漠。波似染,山如削"。桐江烟波缥缈,江水迷蒙,借着幽微的渔火,碧波似染翠,山峰似刀削,桐江的美景是能够让人洗净凡俗之想的胜境。"绕严陵滩畔,鹭飞鱼跃",严陵滩一带风光如画,鱼游浅水,鹭飞苍天,自然界万物生息律动,自在自足。柳永描写了一派任性自由的场景,是为了反衬自己游宦在外,不得自适的困顿漂泊之感。"游宦区区成底事,平生况有云泉约",柳永自桐江点出严陵滩,是为了借严子陵归隐的典故,重申自己想要放下名利、放下官名,"遣行客""念回程"的渴望。词作之间脉络清晰,环环相扣,前后之间,自有照应。西晋陶渊明面对官场的黑暗,曾写下"归去来兮,田园将芜,胡不归?"柳永亦剖白心迹,"归去来、一曲仲宣吟,从军乐",羁宦官场以要浮名,哪里能比得上田园之乐呢?他想要效仿陶渊明和王粲,宦海浮沉之下,官场倾轧,报国无门无望,不如辞官而去,归隐乡里。因为看到了归舟似箭,江边万物自然悠游的状态,念及严子陵功成身退,进一步坚定了柳永"念回程""伤漂泊"的心态。如果说上阕起到了客观的外力引发作用,那么下阕则是自己的主观愿望,这样柳永的心迹剖陈才显得更有力度。这首词的下阕主要是借景抒情,暗淡朦胧的秋色,鹭飞鱼跃的动与山水潺缓之静相交织,念及严子陵归隐而去,柳永困于宦游的落寞、渴望山林之乐的情绪跃然纸上。以暮雨、江水与秋色这三个意象的组合构成羁旅行役寂寥的意境,烘托柳永宦游不定的心境,隐然有归隐之叹。在写作技法上,柳永最善铺叙,以六朝赋笔写词。通过点面结合、动静转换的手法,绘就了一幅山水画卷,画面极富立体感,气韵生动。这种层层铺垫,反复勾勒的写作技法,形成了独具特色的"屯田蹊径"。

柳永把女性视角下的意象转移到了山水之间,尤其最擅写秋季时节的羁旅行役词,并呈现出词风各异、风格多样的艺术特色,或冷峭、或凄苦、或萧疏、或寥落。宋玉《九辩》中"悲哉!秋之为气也。萧瑟兮,草木摇落而变衰",引起的感时忧愤的情结,古人以山水比德,登高能赋,用以抒发自己"贫士失职而志不平"之感,被称为"贫士悲秋"。那么,在这样的一个文化传统的语境下,柳永羁旅行役词中所感怀的心绪,自然而然地让人体会到词作中所隐含着的怀才不遇、沉沦下僚的悲感,伤感于自己的抱负无法得到实现的悲凉。

纵观古今名家论柳词的特色时,一直存在"雅""俗"对立的两极分化。称其雅者,苏轼就激赏"霜风凄紧、关河冷落、残照当楼"一语,称其"不减唐人高处"。晚清词学名家郑文焯甚至说:"屯田则北宋专家,其高浑处不减清真。长调尤能以沉雄之魄,清劲之气,写奇丽之情,作挥绰之声,犹唐之诗家,有盛晚之别。"[①]抑其俗者,如李清照《词论》称其"词语尘下"[②],四库馆臣亦直陈柳永"以俗为病"。称其俗者,主要是出于柳永有意识地采用市井新声入词调,并吸收大量的俚俗之语入词。更有甚者,他曾填制过许多赠给妓女的风月之作。柳永久困仕途、混迹市井,在填词时颇不以为意,行事作风又过于不拘小节、背于世俗伦常,出现了与士大夫传统的礼法意志相背离的情况。柳永填词触怒仁宗,困于磨勘转官,谒见晏殊。晏殊问他:"贤俊作曲子么?"柳永说:"只如相公亦作曲子。"晏殊却说:"不曾道'针线闲拈伴伊坐'。"文人士大夫耻于对自己清誉有损之事,以余力填词是小道末技,耽于填词是堕于礼节纲常,失之于文人的品德身份与气节操守。就连黄庭坚被指责词作过于轻浮时,他也要以"但空

---

① 郑文焯:《大鹤山人词论》,《词话丛编》第五册,中华书局,2005年版,第4329页。
② 李清照:《李清照集笺注》卷三,上海古籍出版社,2007年版,第267页。

中语尔"来解释,方能免于得究。宋翔凤《乐府余论》言及此曾道:"柳词曲折委婉,而中具混沦之气,虽多俚语,而高处足冠群流,倚声家当尸而祝之。"①宋翔凤正是看到了柳永词中雅中夹杂着俚俗的一面,曲折婉转之处,才是其中的关键所在。柳永出生于世宦之家,当他走出秦楼楚馆,走向山水自然,宦海浮沉之中的怀人相思之情、故土难离之感,却自然而然地能够勾起他作为一个文人的身份自觉与道德践履。羁旅行役词中的悲秋与登楼的典故运用是他的学术修养的本能,词中隐含着有志难伸、漂泊无依的自伤,空负才华却又报国无门的苦恨,又是他儒家理想的道德操守与责任担当的涌现,柳永词中的婉转曲折之雅尽在此处。夏敬观先生最能解人,他曾说:"耆卿词,当分雅、俚二类。雅词用六朝小品文赋作法,层层铺叙,情景兼融,一笔到底,始终不懈。俚词袭五代淫哇之风气,开金、元曲子之先声,比于里巷歌谣,亦复自成一格。耆卿写景无不工,造句不事雕琢。清真效之。故学清真词者,不可不读柳词。耆卿多平铺直叙。清真特变其法,一篇之中,回环往复,一唱三叹。故慢词始盛于耆卿,大成于清真。"②从文学发展流变的角度,夏敬观先生

---

① 宋翔凤:《乐府余论》,《词话丛编》第三册,中华书局,2005年版,第2499页。
② 龙榆生:《唐宋名家词选》,上海古籍出版社,2009年版,第87页。

阐释了柳永及其词作的出现对未来文坛的影响,柳词俚俗之处被元曲吸收,而骚雅之处又被苏轼、周邦彦活用,继而开南宋雅词一脉。柳词的雅与俗都是文学发展中必不可少的一个催化剂,风格上自有审美宗趣的评价标准在内发挥作用,但是真真正正地对词史流变、词派发展等方面所发挥的积极作用,才是柳永词作的功绩所在。

苏 轼

词人小传

苏轼生平事迹可见本书《行香子·过七里濑》词人小传。

八声甘州·寄参寥子

有情风万里卷潮来,无情送潮归。问钱塘江⁽¹⁾上,西兴浦口⁽²⁾,几度斜晖⁽³⁾。不用思量今古,俯仰⁽⁴⁾昔人非。谁似东坡老,白首忘机⁽⁵⁾。

记取西湖西畔,正春山好处,空翠烟霏。算诗人相得,如我与君稀。约他年、东还海道,愿谢公、雅志莫相违⁽⁶⁾。西州路,不应回首,为我沾衣⁽⁷⁾。

词作题解

据《唐宋词格律》,《八声甘州》乃唐朝的边塞曲,简称《甘州》。柳永《乐章集》中入"仙吕调",平声韵。因全词八句共有八韵,故称"八声甘州"。该词引自朱孝臧先生编年、龙榆生先生校笺的《东坡乐府笺》[①],朱孝臧先生依年谱考证,该词作于宋哲宗元祐六年(1091年),苏轼召为翰林学士,遂离开杭州赴汴京。

参寥子,诗僧道潜,字参寥,雅善诗文。苏轼知己好友,二人诗文唱和。苏轼知杭时,参寥子居智果精舍。苏轼贬谪黄州时,参寥子又不远千里,相从于黄州。苏轼贬谪儋州,参寥子几欲渡海访友。当政者摘取参寥子诗文中的讥刺文字,勒令其还俗治罪。及徽宗立,乃下诏免罪复落发为僧。

词作注释

(1) 钱塘江:古称"浙",又称"浙江",是浙江省内最大的河流,是宋代"两浙路"的命名来源。其中,富阳段称为"富春江",下游杭州段称为"钱塘江",注入杭州湾,最终流入东海。杭州湾入口呈喇叭状,借山川地形之势,形成

---

① 苏轼:《东坡乐府笺》,上海古籍出版社,2009年版,第300-301页。

"天下第一大潮"的钱塘江潮。

(2) 西兴浦口:钱塘江的一个渡口,隔岸与杭州遥遥相对,浙东运河的起点,水陆交通极为便利。西兴:现位于杭州市萧山区,初名固陵,六朝名为西陵,五代吴越更名为西兴。

(3) 斜晖:傍晚夕阳西下时的余晖。晖:阳光,泛指光辉。

(4) 俯:低头。仰:抬头。"俯"与"仰"相对,"俯仰"语出王羲之《兰亭集序》:"夫人之相与,俯仰一世……向之所欣,俯仰之间,已为陈迹,犹不能不以之兴怀。"引申为时间短暂。

(5) 白首忘机:这里是指苏轼年岁渐长,而忘却了尔虞我诈的机心。《列子·黄帝》有载:"海上之人有好沤鸟者,每旦之海上,从沤鸟游,沤鸟之至者百住而不止。其父曰:'吾闻沤鸟皆从汝游,汝取来,吾玩之。'明日之海上,沤鸟舞而不下也。故曰:至言去言,至为无为。齐智之所知,则浅矣。"

(6) 约他年、东还海道,愿谢公、雅志莫相违:化用《晋书·谢安传》的典故:"造泛海之装,欲经略初定,自江道还东。雅志未就,遂遇疾笃"。谢公即谢安,字安石,东晋名士。隐居在会稽东山,多次征召辞命不就。正值晋室南渡,战乱频仍之际,百姓说:"安石不出,如苍生何?"谢安方才东山再起,辅佐东晋赢得淝水之战。谢安尽心辅佐东晋却因功高震主离开建康(今南京),当准备泛海回到他一直所怀念的会稽东山时,却因疾病又回到建康治病,一病而亡。这句话是反用典故,以谢安自况向参寥子表达自己也和谢安一样,怀有东山之志,渴望泛舟东还回到杭州,再与参寥子相聚、把酒言欢,期待这个愿望不要落空。雅志:平素的志愿,一直以来的志愿。雅:平素。

(7) 西州路,不应回首,为我沾衣:谢安病笃,舆过西州门,谢安的外甥羊昙从此便不再经过西州门。后来羊昙却因一次醉酒误入西州门,恸哭不已,悲叹谢安病重返回建康城,道经西州门却再也没有回来。这里是苏轼劝慰参寥子的话,表明他离开杭州之后必然还会再度归来的意愿,而参寥子也不会像羊昙痛哭谢安那样,为苏轼痛惜难过。

词作赏析

有宋以来,文人士大夫对"词"这一文体一直存在着创作偏见,词的诞生与发展离不开舞榭歌台,词可以供歌妓清歌佐欢,低唱"舞低杨柳楼心月,歌尽桃花扇底风"。词一开始的吟咏范围不外乎仕女伤春的愁绪、佳人爱情的得失,要表达自己的平生志向须得作诗,正所谓"诗言志"。待到晏殊、欧阳修填词时,由于他们的文人气质,自然而然地在词中表现出有别于靡靡之音的词风特色。这种特质正可以用来说明晏殊之辈极为排斥柳永俚俗之作的原因,晏殊曾对柳永说:"殊虽作曲子,不曾道'针线闲拈伴伊坐'。"他们力图使词摆脱艳曲的性质,也不轻易使自己的词作中有不典雅的语句。在一定程度上,使得歌筵酒席之间的曲子有了更丰富、更丰满、更深刻的内涵。但是,晏殊、欧阳修等人对词境的拓展也仅止于言语的雅重,未脱伤春怨别之态,如晏殊之"无穷无尽是离愁,天涯地角寻思遍",欧阳修之"拟歌先敛,欲笑还颦,最断人肠",是对词所歌咏的传统范畴里的语境雅化;柳永对词的拓展只是在形式上丰富了词的表现力,大量创制长调慢词,也隐含着"贫士悲秋"的喟叹,形成了自己的风格特色,这也是前人所未至处。

熙宁年间,苏轼开始填词,当他登上词坛之时,北宋民间社会正流行着柳永结合市井俗曲所创制的长调。虽然苏轼不喜柳永鄙俗之作,甚至调侃过秦观词中一语"销魂,当此际,香囊暗解,罗带轻分",称其"不意别后,公却学柳七作词"。但是,他也曾不止一次与柳永相比较,他问过幕士:"我词何如柳七?"甚至说:"近却颇作小词,虽无柳七郎(即柳永)风味,亦自是一家。"[①]说明在苏轼的潜

---

① 见苏轼《与鲜于子骏书》。苏轼:《苏轼文集》,中华书局,1986年版。

意识里，他还是很关注柳永的词作的。令人不可思议的是，对于柳永《八声甘州》之"霜风凄紧，关河冷落，残照当楼"一语，他评价说"不减唐人高处"。对于柳永，他也如当时的文人士大夫一般反对其俗语、浅语、俚语，却能够意识到柳永词中所具有的开阔高远的意境，这样的风情放在唐人佳句中也不惶多让。苏轼沿着这种言情体物的抒写方式进行开拓，汲取柳永词作中雄浑高雅的一面，转变了词风、扩大了词境，在创作中主要表现在使用题序和用典两个方面。

以这首《八声甘州》为例，调名之下另有一词题——《寄参寥子》，有助于读者了解词作的创作缘由及其内涵，从而使词具有与诗歌一样的社会功能，不再是游戏之作。区别于以往词作中的感伤情绪，比如钱惟演之"绿杨芳草几时休，泪眼愁肠先已断"，张先之"沉恨细思，不如桃杏，犹解嫁东风"，柳永之"多情自古伤离别，更那堪、冷落清秋节"，离别伤怀的情感沉痛难止，一往无回。但是，苏轼能够一洗"绮罗香泽之态"，以词作来送别友人，并且赋予词以豪迈开阔、疏快明朗的气象，读来使人心潮澎湃、荡气回肠。词中共用八韵，运用了两个典故，就把自己的心胸、见识与怀抱都写入词中，用词来言志，融入自身的哲学思考，抒写自己的生平志向。苏轼此作摆脱了缠绵悱恻的情感羁绊，有意识地脱离词的传统，并形成了创作自觉,使"词"开始具有与"诗"一样的文学地位。

该词一起手便声势不凡,"有情风万里卷潮来,无情送潮归",词句如"天风海雨"动人心弦,引人夺目。以钱塘江潮喻人生聚散无常的离合际遇,既是写潮水也是写人生,荡气回肠、跌宕起伏。人生遭际也如潮来潮去这般无情,世事无常,总是突兀而来,倏忽之间转瞬即去,毫无征兆,半点不由人,抓不住又无法改变。苏轼惯会将人生的感悟与景物的描写相融合,在词中融入了人生的思考,人生如潮水,恢宏大气却又想落天外,苏轼的才力、气魄可见一斑。郑文焯对此句激赏有加,称其"突兀雪山,卷地而来,真似钱塘江上看潮时,添得此老胸中数万甲兵,是何气象雄且杰!妙在无一字豪宕,无一语险怪,又出以闲逸感喟之情,所谓骨重神寒,不食人间烟火气者。词境至此,观止矣"[①]。该词第一句便将词作推向高潮,笔调轻松不含铅尘,却能让人细思出无所凭借的沉痛,放笔中饱含深情。该如何收束,另需费一番笔力,但对于苏轼绝非难事。"问钱塘江上,西兴浦口,几度斜晖",他对宇宙和人生的思考,可以说是出于自己的一种哲人本能。在西兴浦口,他不仅看到了钱塘江的潮起潮落,还有日出日落

---

① 郑文焯:《大鹤山人词论》,《词话丛编》第五册,中华书局,2005年版,第4326-4327页。

恒常不变的自然现象,这些对自然的体察,一直以来,都贯通在他的思想血脉里。自然万物是不变的,然而世间万事转瞬即逝,那斜晖依然会洒落在钱塘江上、西兴浦口,苏轼进一步言发了人生聚散无常的感慨。从古至今,潮水与渡口看惯斜晖,但是人和事却早已消失殆尽,"不用思量今古,俯仰昔人非",一俯一仰之间人事皆非,一饮一啄之间沧桑变幻,又何必去思量古今世事的成就得失呢。思量与不思量何者为重,何者为轻?这又是一处哲学思考,不思量会愚钝,思量会执着。对于苏轼来说,思量其实是为了不思量,是为了淡忘以及放下。"谁似东坡老,白首忘机",苏轼将旷达的哲学智慧和人生阅历融入词里,后世词人才力有能超过苏轼的,但是在阅历上、境界上、处事原则上,能够和他相提并论的,可谓少之又少。"忘机"一词,运用了《列子·黄帝》中的一个典故,故事是说:海边有个喜欢鸥鸟的人,每天早上到海上去,跟鸥鸟玩耍,鸥鸟来玩的有成百只以上。他父亲说:"我听说鸥鸟都爱跟你游玩,你抓一只来,我玩玩。"第二天他来到海上,因为有了抓鸟来玩这样不纯粹的心机,所以鸥鸟都在空中飞翔再也不曾飞下来。典故的运用含蓄地表达了苏轼的行为操守与道德理想,他是用一种超脱的心态、纯粹的性灵来面对世间纷扰,也就更不屑于卷入朝堂纷争。苏轼也许有过困扰、有过苦痛、有过惶恐,然而终不如"忘机"来得逍遥自在。词之上阕没有一语写社会生活以及他本人的境况,却能够婉转曲折地表达出他从杭州返回汴京时的达观心态。

从韵律上来说,上阕词如天风海雨,使人惊心动魄。而这下阕词自换头一句始,便如平湖秋月,沁人心脾,所有的情绪激荡都开始慢慢收敛。一阕词中有两种不同的情感韵味,但又不离哲学主题与人生观的诠释。词之下阕,苏轼试图剖析自己的"忘机"之心,他在阐说是因何做到了"忘机",从而达到了"忘"的境界,词作又是如何敛去激荡腾奔,走进涓涓细流般的款款深情。知己,人生中有一位和他心灵相通,能够了解他、陪伴他的知己——参寥子,因为有了这位知己,好似前面数十年的时光也不是那么充满苦痛与不平,丝毫不感疲累,能够使得他的词作从满天风雨走入了纯净之境,抚平了他无常人生的愤懑。"记取西湖西畔,正春山好处,空翠烟霏",他追忆了与参寥子的旧游时光,尽叙好友之间的脉脉温情。春意满山,绿意盎然,云烟弥漫,充满了无限生机。最美好的时光,应该和最真心的朋友一起度过,方不负人间至景。"算诗人相得,如我与君稀",苏轼与参寥子雅趣相投,彼此诗文唱和,这样的志同道合的知己世间实在罕有。也许他二人无须多言,一个转身一个回眸,春山碧水间就会有人在溪边给彼此一个肯定的眼神,未曾走远。两人越是意气相投,当他们分别之时,如上阕词中那般所描绘的聚散无期,人生失常的感慨才会愈加真诚深挚,聚也匆匆,散也匆匆。词中最后两句运用了两个关于东晋名士谢安的典故,为使词意脉络连贯,可以放在一起进行理解,"约他年、东还海道,愿谢公、雅志莫相违。西州路,不应回首,为我沾衣"。苏轼与参寥子分别之时,苏轼与其立约,称其不忘杭州再聚的心愿,杭州留下了两人极多的共同美好回忆。即使苏轼要离开杭州,他也始终不会忘记杭州山水,尤其不会忘记自己渴望摆脱官场羁绊的夙愿。苏轼以谢安自况,向参寥子表达自己也与谢安一样有东山之志,他也渴望泛舟而下,东还而来,回到他们曾经一同诗酒唱和的杭州。然而,谢安回到东山的心愿落空了,自己的心愿一定不会落空,而参寥子也不会和羊昙为谢安痛哭一样为他本人痛哭。苏轼自己要离开,却转而安慰参寥子,贴心的乐天派。知己分别,竟如此荡气回肠,催人泪落。典故的运用幽微婉约地表达了苏轼生平志向,有出世归隐的情节却不颓唐失意,又有追忆友朋之间的似水年华却不显落寞寂寥。然而,我们作为历史的旁观者,不得不为这对相知多年的朋友唏嘘不已,苏轼此去宦途坎坷,贬谪多地,真如这谢安再也无法东还海上一样,一语成谶。而参寥子不远万里,奔波相随,甚至被牵连而被逼还俗问罪,亦不改维护抚慰知己的初愿真心。因为苏轼在世间,大约参寥子也是甘之如饴的。苏轼敕赦后不久即身故,参寥子复落发为僧。世间少了一位诗人,红尘中没了一对知交故旧。人生也许如萍聚,没有知己,飘萍将随风随水,一缕离魂而已。

苏轼的大气魄在于能"破"能"立",全面改造,自成一格。他从词的内容到风格、主题,甚至于对词乐,都进行了全方位的革新。他"以诗为词"的写作方式,打破了诗词之间的界限,对词的发展来说是一次大解放。刘熙载《艺概·词概》中说:"(苏轼词)无意不可入,无事不可言"①,诗可以言说的内容,词也可以;诗所能表达的气象境界,词也可以。对苏轼来说,词还可以表达他的人生哲思与志意追求。我们不止一次地提到,词的文学地位一开始并不高,词是"小词",是小道末技,然而苏轼凭一己之力就把它提高到"如诗一般"的地位,当时的文坛不止一次称赞他"小词似诗"。词不再是专门写给秦楼楚馆的侧艳之作,苏轼突破了"词为艳科"的传统观念的束缚,艳情冶荡的俗言俗语被他一概摒弃,用写诗的态度来填词。与前人相比,苏轼词中有很多他自己的心迹感慨,他用词反映社会现实和他自己的生平遭际、心胸抱负,可以见到他的"词心"。苏轼词中用典用事,将他自己的修养品位

---

① 刘熙载:《词概》,《词话丛编》第四册,中华书局,2005年版,第3690页。

融入词中,词要眇宜修的言情功能发挥之余,具备了更多的社会功能,可以赠给士大夫文人、饱学之士等,他把词中委婉低回的言情特点和诗中言志的道德追求结合在一起。郑文焯曾赞美其:"云锦成章,天衣无缝,是作从至情流出,不假熨帖之工。"[①]充分肯定其发挥词体含蓄深婉的言情功能,又没有矫揉造作的浮靡之态。苏轼从语言、题材、功能等角度,提高了词作的艺术品位,推尊了词体。苏轼旷达词风正是他达观的人生态度的显现,诗如其人,词亦如其人。

---

① 郑文焯:《大鹤山人词论》,《词话丛编》第五册,中华书局,2005年版,第4327页。

杨无咎

词人小传

杨无咎(1097—1171年),字补之,号逃禅老人,又自号清夷长者,清江(今江西樟树)人,后移居豫章(今南昌),今存《逃禅词》一卷。杨无咎自称为汉扬雄后裔,故将其姓"杨"写为"扬",亦作扬无咎。杨无咎是南宋著名词人、画家,尤其善于画梅,《逃禅集》中的题画之作尤多。为人慕高节,淡泊仕途,不媚于世俗。宋高宗时,杨无咎因不耻于秦桧构陷忠良、霍乱朝纲、贪恋荣华的种种行径,不愿朋比为奸、同流合污,面对朝廷多次征召而不至。梅花凌寒傲雪的孤洁形象,亦可说是杨无咎清高耿介的性格最好的写照,在污浊不堪的庙堂之中始终保持着一颗淡泊名利、不慕虚荣的初心。不难想见,杨无咎擅画梅、喜赋梅,常借梅花以寄寓自身的心性与胸怀,梅花也成了最能代表他的艺术价值的作品,画如是、词亦如是。

杨无咎《逃禅词》一卷,有明代吴讷《唐宋名贤百家词》本、毛氏汲古阁《宋六十名家词》本。唐圭璋先生《全宋词》据毛本收录词一百七十三首,又另据《铁网珊瑚画品·卷一》增补四首。主要作品有《隔浦莲(墙头低阴翠幄)》《倒垂柳·重九》《玉烛新(荒山藏古寺)》《水龙吟(当年谁种官梅)》等。

水龙吟·赵祖文画西湖图,名曰总相宜

西湖天下应如是。谁唤作、真西子。云凝山秀,日增波媚,宜晴宜雨。况是深秋,更当遥夜[1],月华如水。记词人解道,丹青妙手,应难写、真奇语。

往事输他范蠡。泛扁舟、仍携佳丽。毫端[2]幻出,淡妆浓抹,可人风味。和靖幽居,老坡遗迹,也应堪记。更凭君画我,追随二老,游千家寺。

词作题解

《水龙吟》,词牌名。双调,慢曲,以上阕四仄韵、下阕五仄韵为正体。《水龙吟》来源于南北朝时期北齐的一组古琴曲《龙吟十弄》,后又以龙吟形容笛声,庾信《对酒诗》:"惟有龙吟笛,桓伊能独吹。"唐朝时,流行着一种出行时所鼓奏的仪仗乐《龙吟声》,毛先舒《填词名解》认为,此词牌名来源于李白《宫中行乐词八首》:"笛奏龙吟水,箫鸣凤下空。"该词调的格律体式极为繁杂,至少有二十四种变体,又有"水龙吟慢""丰年瑞""小楼连苑"等别称。

该词选自唐圭璋先生《全宋词》①。赵祖文,乃赵弁,字祖文,赵鼎臣从子,东郡(山东朝城)人。工画,南渡后,诸权贵极为爱赏其画作。

词作注释

(1)遥夜:长夜。张九龄《望月怀远》:"情人怨遥夜,竟夕起相思。"

(2)毫:代指毛笔。毫端:毛笔笔尖。

词作赏析

这首词没有任何难解的语句乃至典故,语言通俗易懂、平淡自然,也契合题画词的风格特色。词之上阕化用苏轼《饮湖上初晴雨后》诗意,对画作中所表现的西湖风光美进行勾勒铺陈。而词之下阕则运用范蠡伐吴功成后,与西施泛舟五湖的典故,夹叙夹议,将叙述、抒情、议论有机融合。他认为西湖虽然少有范蠡与西施携手归隐的佳话,但因有林和靖与苏轼两位前贤,亦使西湖增添了

---

① 唐圭璋:《全宋词》卷二,中华书局,2009年版,第1177页。

隐逸文化的内蕴。在一定程度上,杨无咎是高度赞扬这种不慕名利或者说是超功利的归隐生活的,追求寄情山水、遨游江湖的闲情逸致。

与本书其他所选出的词作相比,其实这首词在整体艺术风貌上并没有太多的让人惊艳之处。甚至可以说,用典使事不如苏轼、辛弃疾之雄奇精巧,艺术技巧不如姜夔、吴文英之构思新奇,谋篇布局又不如柳永、周邦彦之开合有度。之所以依然选取此词,乃是出于杨无咎是画家兼词人的身份,题画词的题材很是新颖,词中所描绘的西湖与前此诸篇都不同,是虚化的形象,该词不仅是题画者杨无咎更是作画人赵弅的胸怀与理想的映射。

从文艺的角度来说,文学艺术与绘画艺术是中国传统艺术文化的两种形式,诗画相通,理应不分家。虽然二者都在艺术表现力与表现程度的范围上各有不同的局限性,但是这两种艺术形式又可以相互借鉴。苏轼就曾提出"诗画本一律"的主张,他曾评价王维:"诗中有画,画中有诗。"文学艺术或多或少地从绘画艺术中汲取养分,扩大了艺术境界,尤其是兼具词人与画家双重身份的杨无咎,在此方面更是能得其中三昧,甚至被刘克庄誉为"逃禅三绝",认为他能够将词、画、书三者熔为一炉,题画之作则更证其功力。作为一位画家,他对画作的评鉴自不待言,更难能可贵的是,杨无咎将绘画技巧熟练地运用到题画词的写作之中。

中国画最让人难以驾驭的技巧是"留白",与逼真状物所不同的在于怎样展现画作的神韵美。这是完成一幅高超的画作的两个关键,需要画家娴熟地运用两种不同的艺术技巧,即"勾勒"与"写意"。展开这幅《总相宜》,杨无咎大笔挥毫,展现出一幅西湖全景图,"西湖天下应如是。谁唤作、真西子",山川秀美的总体形象就浮于眼前。西湖有多美,像西施吧,西施又有谁见过?但正是因为没见过真正的西施,才使得西湖让没有真正领略过她的风光的人有了一个大体的印象,留有余韵,给读者一个想象的空间,就好像画作中的留白。"云凝山秀,日增波媚,宜晴宜雨。况是深秋,更当遥夜,月华如水",杨无咎的勾勒之笔,大道至简,运用极为简淡的笔墨描绘出西湖的深秋月夜。如果仅仅停留在画上,就画言画,那么就不能称其为"逃禅三绝"。杨无咎超越了深秋月夜中的西湖,进而拓展了艺术意境,想象西湖所具有的千姿百态,不同的时序,不同的天气都具有不同的美感。西湖的美确实当如不知样貌的西施,是能让人引起无限遐想的美,这样的美才能引起人的共鸣。"记词人解道,丹青妙手,应难写、真奇语",传神写意的画作要想达到极致,画意的余韵需得与懂得画家心意的题画词相映成趣,否则画亦只是一幅画。

"往事输他范蠡。泛扁舟、仍携佳丽",词之下阕中换头一句用典,才是达到了画作化工的妙境,亦是词作的韵味所在。杨无咎不断地照应上文所写之"西子",西湖似西子,哪怕没有范蠡扁舟五湖去的飘逸风姿,有美同游在这似西子的西湖上,亦别是一番风情。"毫端幻出,淡妆浓抹,可人风味",湖上泛舟,江南佳丽,笔下的"淡妆浓抹"是双关,既是形容画面上的江南美人姿容艳丽;又是借苏轼的诗来形容西湖既具春日绚烂之美,亦有秋夜萧疏之清冷。同时,又是在照应上阕,亦是提醒观者此画的主旨,画与词不应两分,分则失去其中真味。"和靖幽居,老坡遗迹,也应堪记",泛舟湖上不仅使杨无咎想起了范蠡寄情山水、不慕荣名的洒脱,更让他忆起了林和靖孤山隐居之所,苏轼望湖楼上赏景之地,这是他磊落胸襟的自然流露,以独特的性情来赋予画作别样的生命力,将其投入创作之中。"更凭君画我,追随二老,游千家寺",杨无咎思议起林和靖与苏东坡的霁月光风、高风亮节,基于对他二人的崇敬,发挥了想象,立志要追随他们游赏千家寺。画意也许没有游赏活动、没有他人的孺慕之情,但是题画词在画作的境界里,可以任意挥洒、驰骋想象,这种写法其实是对画作的再创造。联系文艺理论中的"接受美学"学说,文学领域里的"接受美学"在对画作的鉴赏活动中也产生了积极的投射作用,甚至不再拘泥于画作,使读者对画面意象的理解更为丰满立体，更富生命力，更反映出杨无咎的人生感悟与平生追求，画意与词境相得益彰。西湖的美是全方位的美、有内蕴的风骨美，除了景美、事美、境美之外，还少不了让西湖成为美景的那些默默付出的造境之人。

辛弃疾

词人小传

辛弃疾生平事迹可参见本书《念奴娇·西湖和人韵》词人小传部分。

摸鱼儿·观潮上叶丞相

望飞来半空鸥鹭,须臾动地鼙鼓[1]。截江组练[2]驱山去,鏖战未收貔虎[3]。朝又暮。诮惯得、吴儿不怕蛟龙怒[4]。风波平步。看红旆[5]惊飞,跳鱼直上,蹴[6]踏浪花舞。

凭谁问,万里长鲸吞吐[7],人间儿戏千弩[8]。滔天力倦知何事,白马素车[9]东去。堪恨处,人道是、属镂[10]怨愤终千古。功名自误。谩教得陶朱,五湖西子[11],一舸[12]弄烟雨。

词作题解

该词选自邓广铭先生《稼轩词编年笺注》①。据邓广铭先生考证,该词作于宋孝宗淳熙二年(1175年),辛弃疾被召入临安,奉为仓部郎官,此词正是作于是年七月赴任江西提刑职务之前。叶丞相为叶衡(1122—1183年),字梦锡,婺州金华(今属浙江)人,南宋孝宗时官至宰相,曾向宋孝宗大力举荐辛弃疾。

《摸鱼儿》,词牌名,唐朝教坊曲,又名《迈坡塘》《买陂塘》《双渠怨》。双调,上阕六仄韵,下阕七仄韵。北宋此调之作,则在晁补之《晁氏琴趣外篇》首见。《摸鱼儿》词调音韵流美,宜于表现低回幽咽的情感。

词作注释

(1) 鼙(pí)鼓:古代军队中所用的战鼓。白居易《长恨歌》:"渔阳鼙鼓动地来,惊破霓裳羽衣曲。"

(2) 组练:"组甲被练"的简称,分别指军士所穿的两种衣甲。组甲:以组缀甲,车士所穿的衣甲。被(pī)练:以帛缀甲,步卒所穿的衣甲。《左传·襄公三年》:"春,楚子

---

① 辛弃疾:《稼轩词编年笺注》卷一(定本),上海古籍出版社,2009年版,第10页。

重伐吴……使邓寥帅组甲三百,被练三千以侵吴。"苏轼在《催试官考较戏作》中曾用以形容钱塘江潮:"八月十八潮,壮观天下无。鲲鹏水击三千里,组练长驱十万夫。"

(3)鏖(áo)战:激烈的战斗。貔(pí)虎:猛兽,这里比喻勇敢强猛的军队。

(4)诮(qiào)惯得:一向如此、稀疏平常之意。诮:简直,完全。吴儿:泛指钱塘江畔的渔民。苏轼《八月十五看潮》:"吴儿生长狎涛渊,冒利轻生不自怜。"

(5)红斾(pèi):红旗。斾,本意是古代旌旗末端的旗饰,引申为旗帜。

(6)蹙(cù):通"蹴",踩、踏。吴自牧《梦粱录·观潮》:"杭人有一等无赖不惜性命之徒,以大彩旗或小清凉伞,红绿伞儿,各系绣色缎子满竿,伺潮出海门,百十为群,执旗泅水上,以迓子胥。弄潮之戏,或有手脚执五小旗浮潮头而戏弄。"潘阆《酒泉子·长忆观潮》中亦用此事:"弄潮儿向涛头立,手把红旗旗不湿。"

(7)长鲸吞吐:形容潮水汹涌,似有巨鲸吞吐江水。左思《吴都赋》:"长鲸吞航,修鲵吐浪。"

(8)人间儿戏千弩:如同儿戏一般对着钱塘江潮头射箭。《宋史·河渠志》:"梁开平中,钱武肃王(钱镠)筑捍海塘,在候潮门外,水昼夜冲击,版筑不就,因命强弩数百以射潮头,又致祷胥山祠。既而潮避钱塘东击西陵,遂造竹器积巨石,植以大木。堤岸既固,民居乃奠。"苏轼《八月十五日看潮》:"安得夫差水犀手,三千强弩射潮低。"

(9) 白马素车:典出枚乘《七发》:"其少进也,浩浩湆湆,如素车白马帷盖之张。"形容波涛汹涌的浪潮。素:白。

(10) 属镂(lòu):屡镂剑,吴王夫差赐伍子胥自刎之剑。《太平广记》卷291载:"伍子胥累谏,吴王赐属镂剑而死……自是,自海门山潮头汹高数百尺,越钱塘渔浦方渐低小……时有见子胥乘素车白马在潮头之中,因立庙以祠焉。"

(11) 谩:徒然、空有。陶朱:陶朱公,春秋时期越国大夫范蠡,《史记·越王勾践世家》载:"大名之下,难以久居,且勾践为人,可与同患,难与处安乐,乃装其轻宝珠玉……浮海出齐,变姓名,自谓鸱夷子皮……止于陶,以为此天下之中,交易有无之通路,为生可以致富矣。于是自谓陶朱公。"五湖:古代专指太湖及其附近湖泊。西子:西施。吴越争霸时,范蠡曾为越王勾践出谋划策,设下美人计向吴王夫差进献美女西施,伐吴成功后,范蠡携西施归隐,泛舟五湖。

(12) 舸:大船。杜牧《杜秋娘诗》诗有:"西子下姑苏,一舸逐鸱夷。"

词作赏析

这一章选取了两篇观潮词,钱塘观潮是浙江地区最著名的习俗,发轫于唐宋时期。唐代《元和郡县志》有载其事:"每年八月十八日,数百时士女共观,舟人、渔子溯涛触浪,谓之弄潮。"[1]唐人观潮之兴盛,亦有诗传诵至今,白居易有咏潮诗《潮》:"早潮才落晚潮回,一月周流六十回。不独光阴朝复暮,杭州老去被潮催。"到了宋代风俗更盛,两宋之际吴自牧《梦粱录》记录了钱塘观潮盛景:"临安风俗,四时奢侈,赏玩殆无虚日。西有湖光可看,东有江潮堪观,皆绝景也。每岁八月内,潮怒于常时,都人自十一起便有观者,至十六日,倾城而出,车马纷纷。十八日为最繁盛,二十日则稍稀矣。十八日盖因帅座出郊教习节制水军。自庙子头至六和塔,家家楼屋尽为贵戚内侍等雇赁作看位观潮。"[2]不止民间热衷于观潮之事,宗亲贵胄、皇室成员也喜观潮,《续资治通鉴·宋纪》有载:"比至杭州,江下观潮,中官供帐,赫然遮道。"钱塘观潮活动作为宋人最热衷的活动,文人亦津津乐道,不惜花费大量笔墨进行撰写,如范仲淹《和运使舍人观潮》、苏轼《瑞

---

[1] 李吉甫:《元和郡县志》,文渊阁四库全书本。
[2] 吴自牧:《梦粱录》,古典文学出版社,1957年版,第162页。

鹧鸪·观潮》、陈师道《十七日观潮》、赵鼎《望海潮·八月十五日钱塘观潮》、陆游《观潮》,等等。由此可见,钱塘观潮的风俗盛行,经典名作极多。一直以来,杭州小桥流水、柔美多情、西湖婉约清雅、风光柔丽,观潮之作亦是杭州民俗风情的再现,为我们后人留下了不同往昔的杭州印象,当为之一观。

历代文人一向以苏辛并称,但二人却又并非完全相同。王国维《人间词话》中说:"东坡之词旷,稼轩之词豪。"[①]苏轼以诗为词,打破了词的格律束缚,对词的发展是一种解放。他的词如行云流水,当止则止,当行则行。看似云淡风轻,随意而起,却浩气自存,俱怀逸兴。王国维所言之"旷",正是指他的词中照见了其雅量高致的风姿与心性,故而能"一洗绮罗香泽之态"。辛弃疾以文为词,是对词的重塑,他的词如战马奔腾,行止无定,却能收发自如;虽有法度,但恒无定法,变化莫测。王国维所言之"豪",正是他词中奔放激荡处极尽奔放激荡之能事。周济说他"敛雄心,抗高调,变温婉,成悲凉",辛弃疾的豪放之外还有温婉悲凉之态,细腻熨帖之处又能极尽细腻熨帖之能事。同样是描绘钱塘江潮,却展现了二人不同的创作特色和艺术风貌。

---

① 王国维:《人间词话》,山西古籍出版社,2002年版,第25页。

《摸鱼儿·观潮上叶丞相》上阕描写了雄壮瑰奇的钱塘江潮,令人心荡神驰,骇然俱惊。"望飞来半空鸥鹭,须臾动地鼙鼓",江潮奔涌而来时,观潮人举目四望,未见江潮却先有天边鸥鹭飞来,既而交代了原因——潮声震天如擂军鼓,响遏行云,侧面烘托出此际欲来之江潮浩大的声势。"截江组练驱山去,鏖战未收貔虎",辛弃疾以军人的眼光摹写江潮,将江潮比喻为千军万马奔腾而来,惊涛骇浪又似冲杀战阵的猛兽,江潮好似有排山倒海、一往无回的壮烈气魄。首四句充斥着饱满的力量与恢宏的气势,炫人眼目之下又能感受到江潮势不可当、汹涌澎湃的壮阔,使人身临其境,心潮激荡不已。苏轼也写江潮——"有情风万里卷潮来,无情送潮归",将江潮和人生际遇结合在一起,但更具哲理性。"朝又暮"则是言潮水上涨潮回而去,朝朝暮暮、日日如此,引出下文"谙惯得、吴儿不怕蛟龙怒。风波平步"。钱塘江边的青年早已习以为常,丝毫不惧怕这风浪滔天,壮如蛟龙一般的钱塘江潮,如闲庭信步一般随性自在。"看红旆惊飞,跳鱼直上,蹙踏浪花舞",辛弃疾描写了江边青年与江潮为戏的地方习俗。手执红旗,踏浪而行,随波上下飞舞,如履平地,胆色惊人。辛弃疾胸怀自由韬略、武人气质,他在描写江潮时,更侧重于突出当地人民勇立潮头、不畏江涛的风俗个性。杭州不止是有"三秋桂子,

三 秋思落谁家

十里荷花"的柔性美,还兼具"不怕蛟龙怒"的迎江直上的英雄壮美。

词之上阕描写了蔚为壮观的江潮,英勇无匹的江南弄潮儿,让人惊骇不已;词之下阕则借与江潮有关的传说为喻,纵有英雄人物,亦使人激愤难平。"凭谁问,万里长鲸吞吐,人间儿戏千弩",这是钱镠射弩潮头的故事,固然是雄夸儿戏的传说之事。"滔天力倦知何事,白马素车东去",承接上文钱王射弩的荒诞,辛弃疾又写进一个传说,伍子胥被赐自尽,素车白马立于潮头。潮水并不知晓人事,任凭伍子胥架着马车,驱赶着奔流的潮水不知疲倦地向东浩浩荡荡地奔腾而去。"堪恨处,人道是、属镂怨愤终千古",伍子胥为吴王夫差攻克越国后忠而见疑,徒遭横祸身不能免,潮水无情自难消解。然而辛弃疾却道这是千载之下,人间最为怨愤难平之事。辛弃疾借伍子胥忠而见疑之事,浇心中块垒,他空有以身许国的理想、收复失地的才干,但始终没有被朝廷采纳,壮志难酬才会有"功名自误"的感叹。"谩教得陶朱,五湖西子,一舸弄烟雨",也是一则传说,勾践伐吴功成之后,范蠡携西施归隐太湖。辛弃疾伤怀于自己的往事,当年文韬武略,驰骋金兵营地只手擒贼,纵横千里渡江归于南宋,一时声名煊赫、声望滔天。但即使有如此辉煌往事,如今想来倒不若范蠡知机功成身退。这首词为上叶丞相而作,眼前国事日非,前途祸福难测,纵有滔天身手与才能,只能赋闲乡野。辛弃疾反而生出不若抽身而去的颓唐情绪,心中充满无可奈何的愤懑、英雄失路的悲哀。

辛弃疾的"以文为词"表现在对词作主题内容和形式的突破,是继苏轼"以诗为词"一脉相承而来却又有所发展。苏轼借钱塘江潮表达的是人生聚散无常,不愿居官,有志于山林的心愿。可以说,苏轼所表达的人生志愿是向内求的志向,少有言其经世之志,展现了一种旷达随性的胸襟与气度。而辛弃疾所表现出的是更为激进的入世倾向,朝廷用他到地方上任职,他就会在实践中践履自己的理想——备战安民,展现自己的军事才能和乡邦治理才华。南宋朝廷派遣他到江西平寇,他就真的操练军队讨平寇乱,安抚乡民。任命他为湖南安抚使,他就建立了飞虎营,维护地方治安,最后却被弹劾乱用钱粮而作罢。辛弃疾填词的时候,总是有入世安民的怀抱、为国鞠躬尽瘁,收复故土失地,渴望实现国家统一,一血靖康之耻。故而他时时展现自己军事家的眼光,流露出"战"的渴望。

词言情不言志,文人阐述自己的理想与怀抱之时会很默契地选择"诗"。但是,从苏轼开始到辛弃疾,词的主题内涵变得更为丰富,纵横捭阖、慷慨激昂之时情感飞跃,于激荡处畅谈平生志意。词作具有一种狂放的气势与刚性的力度,"狂"的艺术风格乃是源于辛弃疾所具有的独特的个性特征与精神气质,正所谓"文如其人"。介绍人物生平时,曾言及辛弃疾文韬武略,于乱军之中劫取叛军首领张安国,叱咤风云的豪迈之风造就了他进取而又不拘小节的个性。范开于《辛稼轩词序》赞其:"公(辛弃疾)一世之豪,以气节自负,以功业自许,方将敛藏其用以事清旷,果何意于歌词哉,直陶写之具耳。"[1]词中多有英雄语、豪语、壮语,就是周济所说的"雄心"与"高调"。词风汪洋恣肆,一往无回,豪气千里,不仅仅是打破了词律的束缚,甚至历史典故、文言句法纷至沓来,出其不意别开生面。反观辛弃疾赋闲乡野,有志难伸、心情郁塞、愤懑难平之时,"雄心""高调"便变成了"温婉"与"悲凉"。

辛弃疾志大才高,又矢志不移地践行自己的理想。他在南宋40年,有20多年被废逐远离朝堂的政治中心,一直处于一个与他自身抱负实现相违背的社会环境里。恢复报国的愿望、奋进的精神不断被打压,但只要有一丝能够为国有益之事,辛弃疾都肝脑涂地、兢兢业业地用事用功。所以当辛弃疾希望落空之时,他满腔的悲愤全部化作了沉痛与悲凉,那些慷慨激昂的豪放语中也带着一丝曲折委婉、含蓄熨帖。这种含蓄有别于一般婉约词人的

---

[1] 辛弃疾:《稼轩词编年笺注》附录二(定本),上海古籍出版社,2009年版,第620页。

含蓄,他是两种力量压迫下,不得不产生的情感释放,是激昂之中愈见郁怀于心。欧阳修写美人说:"泪眼问花花不语,乱红飞过秋千去",秦观写伤春说:"春去也,飞红万点愁如海"。辛弃疾同样是写美人也写伤春,但是他有自己特有的言说用典方式,在保持着词作婉约美时,会有独特的激荡哀沉情绪。这首《摸鱼儿·观潮上叶丞相》如此,《摸鱼儿·更能消几番风雨》亦如此,词如下:

更能消、几番风雨,匆匆春又归去。惜春长怕花开早,何况落红无数。春且住,见说道、天涯芳草无归路。怨春不语。算只有殷勤,画檐蛛网,尽日惹飞絮。

长门事,准拟佳期又误。蛾眉曾有人妒。千金纵买相如赋,脉脉此情谁诉?君莫舞,君不见、玉环飞燕皆尘土!闲愁最苦!休去倚危栏,斜阳正在,烟柳断肠处。①

婉约秾丽之处,较之秦观亦不遑多让。表面是写美人被馋谤,实际上是写自己被排挤打压,美人香草的言说中,能让人感受到辛弃疾的一片深情、对国家前途的担忧,这是他性格本质使然。辛弃疾的豪放精神与温婉情词形成了完美的调和,也有《四库全书总目提要》称赞他说:"剪翠刻红之外,屹然别立一宗,迄今不废",正是看到了此处。

---

① 辛弃疾:《稼轩词编年笺注》卷一(定本),上海古籍出版社,2009年版,第68页。

韩 淲

词人小传

韩淲(biāo),字仲止,号涧泉,韩元吉(号南涧)之子,南宋著名文学家,诗词俱工。生于绍兴二十九年(1159年),嘉定十七年(1224年)卒,年六十有六。韩淲祖籍开封,出生于颍川韩氏,门第煊赫。六世祖韩亿,宋仁宗时官至参知政事,谥"忠宪"。南渡后,韩氏迁入闽地。其父韩元吉早年即以经术学问闻名于世,南宋著名理学家吕祖谦是他的女婿,与朱熹亦属友朋辈。致仕后,韩元吉落籍于信州上饶,与辛弃疾往来密切,诗文唱酬,辛弃疾曾填有《太常引·寿韩南涧尚书》等词相赠。出生于诗文世家的韩淲,家学濡染,学问精审。《四库全书总目提要》中称其:"淲诗稍不逮其父,而渊源家学固非徒作。"江南文化世家诗书相传、耕读继世,由此俱见。早年韩淲以父荫入职,初为贵池主簿,继而又转任杭州某药局判院,亦曾出任学士。为人清贫自守,不久又归于信上,以著述为生,有诗名。方回将其与赵藩并称"二泉",赞其"上饶南渡以来,愚公曾茶山得吕紫薇诗法,传至嘉定中赵章泉(赵藩)、韩涧泉(韩淲),正脉不绝"。

韩淲著作颇丰,有诗文集《涧泉集》二十卷、《涧泉日记》三卷,另有词集《涧泉诗馀》一卷。《涧泉诗余》今有彊村丛书本、紫芝漫抄本等,唐圭璋先生《全宋词》收录其词共196首,主要作品有《鹧鸪天·禁烟》《青玉案·西湖路》《一剪梅·送冯德英》《菩萨蛮·野趣观梅》等。

鹧鸪天·兰溪舟中

雨湿西风(1)水面烟。一巾华发(2)上溪船。帆迎山色来还去,橹破滩痕(3)散复圆。

寻浊酒(4),试吟篇。避人鸥鹭更翩翩。五更犹作钱塘梦,睡觉(5)方知过眼前。

词作题解

《鹧鸪天》,词牌名,又名"思佳客"。《鹧鸪天》为小令,共55字,上下阕各三平韵。唐人郑嵎诗云:"春游鸡鹿塞,家在鹧鸪天",调名从此出。贺铸曾用此调作悼亡词,词中有"梧桐半死清霜后",又名此调为《半死桐》。

该词选自唐圭璋先生《全宋词》①。兰溪即兰江,钱塘江支流,流经兰溪至建德一段。兰溪水深流缓,现今是钱塘江水量的主要来源之一。

词作注释

(1) 西风:秋风。杜牧《齐安郡中偶题二首·其一》:"多少绿荷相倚恨,一时回首背西风。"

(2) 华发:花发,华通"花"。苏轼《念奴娇·赤壁怀古》:"故国神游,多情应笑我,早生华发。"词中喻指词人本人年事已高。

(3) 滩痕:溪边滩上的波纹水痕。

(4) 浊酒:未过滤较浑浊的酒。范仲淹《渔家傲》:"浊酒一杯家万里,燕然未勒归无计。"

(5) 觉(jué):睡醒。

词作赏析

这首山水行纪之作极具自然圆融之趣,微雨中的兰溪之上,韩淲眠于行舟中,任轻舟荡漾沿着江河之水,缓缓驶入钱塘。词中内蕴丰富,别具一种静极生动的韵律感,最终升华到无声而又洒落的境界之中。从在平淡的

---

① 唐圭璋:《全宋词》卷四,中华书局,2009年版,第2241页。

日常生活中发掘情韵理趣这一点来看,韩淲与杨万里有着极为相似的一面。

词之上阕,韩淲着重于环境的渲染。"雨湿西风水面烟",词作首先点明时序和地点。西风代表秋风,"雨湿西风",秋风里夹杂着绵密轻细的秋雨,飘飘洒洒、轻轻扬扬地落入江中,江水因空气中的细微雨水之气升腾起了薄薄烟霭。这个"湿"字是点睛之笔,苏轼《青玉案·送伯固归吴中》曾有:"春衫犹是,小蛮针线,曾湿西湖雨","湿"字将江南烟雨"润物细无声"般的轻柔细密、无知无觉的特点完全凸显出来。又能将"雨""风""水"这三个自然物象调和在一起,烟雨迷蒙之中展现出柔性水乡风情特色。在充满水乡柔情的淡雅诗意景色里,走出了一位诗人,有着"一巾华发上溪船"的洒落襟怀,轻松的笔调勾勒出韩淲着纶巾的儒雅饱学之士形象。苏轼《念奴娇·赤壁怀古》曾有:"故国神游,多情应笑我,早生华发",华发的韩淲较其更有一种随遇而安、万事随缘的心态。舟行渐远,透过船舱望向江边,只见"帆迎山色来还去,橹破滩痕散复圆",这一句充分体现了韩淲有着善于观察外物的敏锐眼光,宋代诗人一向着意于炼字、对仗工整,韩淲在锤炼之余却又极得物象之神理。苏轼《定风波》亦有"山头斜照却相迎"之句,词中"迎"字是拟人用法,化静为动。此句亦同此理,"迎"字把静止的山写活了,"船"是不变的主体，以"船"为不动的定点，以观览不断运动变化之"山色"，通过岸边山峦起伏、景色变换之剧来体现舟行速度之快。"橹破滩痕散复圆"，橹即船桨，是主体，行舟过处，击散了滩涂上的水痕，水痕由动到静的交替变换——由圆到散，再由散复圆。韩淲以细腻的笔触，生动地刻画了划动船桨时，循环往复而又生生不息的水纹变化。韩淲极其善于从深沉静默中观察世事外物的变化，观察细致入微，神理具现。他把生活中习以为常之事凝练出极富意蕴的佳句，比之擅于"夺胎换骨"的江西诗派诗人亦不遑多让。

词之下阕是韩淲情感的缓释，虽然并不是那么激烈，但足以让人体味到南宋文人雅士所津津乐道的闲逸安雅、恬然自足的风情。换头一句"寻浊酒，试吟篇"，起到了串联上下阕的作用，以一"寻"、一"试"二字，极其自然地将景物的描摹过渡到情感的抒发。范仲淹《渔家傲》有"浊酒一杯家万里"，浊酒是未完全过滤、略有些浑浊的酒，需静置待发酵物再次沉淀方可饮用。说到酒就有"葡萄美酒夜光杯"，有"兰陵美酒郁金香"，有"青梅煮酒斗时新"，有"酒入愁肠"等，这些酒中有豪情、有义气、有相思。但是，都不若一杯"浊酒"隐含着向往田园生活、思归故里的纯朴古拙之美，体现了韩淲寄情山水的洒脱心态。"避人鸥鹭更翩翩"，道出眼前飞鸟来去、悠然适意，但不愿与人相亲的场景。与其说是韩淲在描写江上鸥鹭翩然飞舞远离人群,不如说是在抒发自己不愿羁宦为官、乐于享受自然山水的心志,这避人的鸥鹭更像是韩淲自我形象的投射,远离世俗才能自由地翱翔于天地之间。陶渊明之"少无适俗韵,性本爱丘山"亦是此意,宋人孜孜不倦地追求闲逸雅化的生活,尤其对归隐田园、甘于清贫的陶渊明推崇备至,喜在山水寄情之作中展现出一种自然平淡的圆融之美,羁旅行役之作从早期的"贫士失职而致不平"怀才不遇的喟叹,继而拓展到亲近山水自然的情感抒发,再到乐于回归山川自然的怀抱,情绪的抒发力求克制而又平缓。"五更犹作钱塘梦,睡觉方知过眼前",甘于山水自然的平淡之趣最终消融在梦寐之中,浊酒寄情也好、远离世俗也罢,都不如用一梦来淡化烦扰。梦醒时分,舟已过钱塘,但却无知无觉。钱塘是南宋的政治中心,醒时舟行江上,想着几时能过钱塘,梦里尚有钱塘之梦,大梦方觉却早已远离而去。"人生如梦寐,世道正嶮巇",韩淲不只是仅仅描写了现实里行舟过钱塘一事,其实是暗喻自己离开了政治的旋涡。那坎坷仕途如在梦中,觉醒之后早已远离了朝堂纷争。词之下阕所表现出的情绪体验,正是源于对极其细微的生活里的物象所进行的体察感悟,心静处观物于微,静可生慧,别有慧心的韩淲从闲静里消弭内心的波澜,萌生渴望归于田园之心。最后,船渐行渐远,词心也随着行舟渐行渐远,很有随遇而安、当行则行的挥洒适意之感。

该词语言恬淡和雅,让人体味到了江南风情中柔雅清婉的一面,饶有如诗如画般的朦胧缥缈的魅力。烟雨飘摇的江中,描绘山色、水纹、鸥鹭和韩滮的梦,窥见的却是他磊落的心胸和甘于平淡的性情,情思消融于天地自然之间,少了一份羁旅行役的苦楚与困顿,多了一份自在自得的圆满与洒落,从而上升到自我满足圆融的境界。尤其是结句,将现实的场景收束在钱塘梦醒、行舟飘忽的意境里,烟雨江南的空蒙意蕴在梦的烘托下展现得淋漓尽致,缥缈无端而又意犹未尽。

四 晚来天欲雪

赵 鼎

词人小传

赵鼎(1085—1147年),字元镇,号得全居士,解州闻喜县(今山西闻喜)人。赵鼎是两宋之际著名的政治家、文学家,与李纲、胡铨、李光并称中兴四名臣。赵鼎雅善诗古文辞,文章奏议气势雄达。宋高宗绍兴四年(1134年),曾被任命监修宋神宗、宋哲宗实录,宋高宗赏誉"忠正德文",其文集《忠正德文集》之名即由此出。

赵鼎幼而孤,由寡母樊氏教养,博通经史。宋徽宗崇宁五年(1106年)登进士第,外放地方为官,一度仅担任县尉、县丞之类的地方小官。宋徽宗宣和五年(1123年),官至河南洛阳令。宋钦宗靖康元年(1126年),擢升为开封府士曹参军,累官至御史中丞。靖康之变后,金人议立张邦昌,与张浚逃太学。宋高宗即位,赵鼎曾一度被重用,擢为右司谏,后又授予司勋郎官等职,不久又出知平江、洪州等地。历官至尚书左仆射,同中书门下平章事。在抗金的策略上,赵鼎主张先巩固朝局,稳定朝纲、恢复生息之后再行恢复大业,同时举荐了岳飞、韩世忠等一干将领。其后又因与张浚政见不合,曾两度罢相。终遭秦桧构陷,出为奉国军节度使,徙知泉州。又一再贬谪至潮州、吉阳军等地,秦桧一再馋陷,赵鼎遂绝食而死,享年六十三。宋孝宗时,追赠太傅、丰国公,谥"忠简"。

赵鼎于填词亦有佳作流传,有明紫芝漫抄《宋元名家词》本《得全居士词》一卷,另有李慈铭、王鹏运曾将赵集与李纲《梁溪词》、李光《李庄简词》、胡铨《澹安长短句》一并刻入《四印斋所刻词》之《南宋四名臣词集》中,唐圭璋先生《全宋词》据王鹏运刻本辑录,收赵鼎词作 45 首,主要作品有《鹧鸪天·建康上元作》《望海潮·八月十五日钱塘观潮》《满江红·丁未九月南渡,泊舟仪真江口作》等。

花心动·偶居杭州七宝山国清寺冬夜作

江月初升,听悲风、萧瑟[1]满山零叶。夜久酒阑,火冷灯青,奈此愁怀千结。绿琴[2]三叹朱弦[3]绝,与谁唱、阳春白雪[4]。但遐想,穷年坐对,断编[5]遗册。

西北欃枪[6]未灭。千万乡关,梦遥吴越。慨念少年,横槊⁽⁷⁾风流,醉胆海涵天阔。老来身世疏篷底,忍憔悴、看人颜色。更何似、归欤枕流漱石⁽⁸⁾。

词作题解

该词选自唐圭璋先生《全宋词》①。宋高宗建炎四年(1130年),赵鼎被免去签书枢密院事一职后,偶居国清寺乃成此阕。

《花心动》,词牌名,又名《桂飘香》《上升花》《梅梢月》等。双调慢曲,104字,上阕十句四仄韵,下阕八句五仄韵。该词牌变调极多,以史达祖《花心动·风约帘波》为代表,本词皆押仄韵。

据《咸淳临安志·卷七十六·寺观二》载,杭州七宝山国清寺位于通江桥四条巷,"旧系西北流寓吉祥巷,庆元二年(1196年)移请今额"。另据吴自牧《梦粱录·卷十五·城内外寺院》②所记,七宝山位于杭州城内,自开宝仁王寺以下,共大小寺院57座。宋代佛教繁盛,寺院林立,高僧尤多,可见一斑。

词作注释

(1) 萧瑟:拟声词,树叶被风吹动的声音。后来被用

---

① 唐圭璋:《全宋词》卷二,中华书局,2009年版,第945页。
② 吴自牧:《梦粱录》卷十五,古典文学出版社,1957年版,第137页。

于形容冷清、凄凉的环境。苏轼《定风波》:"回首向来萧瑟处,归去,也无风雨也无晴。"

(2)绿琴:绿绮琴,古琴名。南朝齐之谢朓《曲池之水》:"鸟去能传响。见我绿琴中。"相传西汉司马相如有琴名"绿绮",视如珍宝,相如之琴技与绿绮之音色相得益彰,从此名噪一时,"绿绮"遂为古琴的代称。李白《听蜀僧浚弹琴》:"蜀僧抱绿绮,西下峨眉峰。"

(3)朱弦:琴弦,后泛指琴瑟类弦乐器。黄庭坚《登快阁》:"朱弦已为佳人绝,青眼聊因美酒横。"

(4)阳春白雪:中国十大古典名曲之一,原指战国时楚国高雅的歌曲。楚之宋玉曾作《对楚王问》:"其为《阳春》《白雪》,国中属而和者不过数十人。"用于比喻高雅却不通俗的文艺,与"下里巴人"相对。

(5)编:穿书简的细长皮条。成语中有"韦编三绝"。

(6)欃(chán)枪:彗星的别名,古人将彗星的出现视为大凶之兆,彗星被称为凶星。后用于比喻邪恶势力。

(7)横槊(shuò):手持长矛,是习武从军的象征,形容人有豪情万丈的奇情壮采。槊:古代兵器,类似于红缨枪的枪矛类武器。东汉末年,曹操横槊赋诗《短歌行》,慷慨而歌。苏轼《前赤壁赋》中写道:"方其(曹操)破荆州,下江陵,顺流而东也,舳舻千里,旌旗蔽空,酾酒临江,横槊赋诗,固一世之雄也,而今安在哉?"

(8)枕流漱石:喻指隐居生活。语出刘义庆《世说新语·排调》(二十五):"孙子荆年少时欲隐,语王武子'当枕石漱流',误曰'漱石枕流'。王曰:'流可枕,石可漱乎?'孙曰:'所以枕流,欲洗其耳;所以漱石,欲砺其齿。'"

词作赏析

时序入冬,本节所选的 6 首词竟皆全部出自南宋词人之手,虽非笔者刻意为之,却又暗合文章气运之变。好似整个南宋社会也因靖康之变进入了冷瑟的寒冬一般伤心寥落,词意凋零,萎顿不振。

书中不止一次提及宋室南渡,这是两宋历史上最惊心动魄的历史事件之一,给南渡士人群体造成了不可磨灭的心灵创伤。南宋朝廷初立之时,对金朝用兵曾一度节节失利,山河沦陷,几避走海上。赵鼎北宋为官之时,并未身居高位,何曾谈及位列中枢。然而,"位卑未敢忘忧国",赵鼎安顿好家人,便义无反顾地陪同高宗辗转海上,为其出谋划策、整顿朝局。在此期间,赵鼎条陈时政,甚为允当;积极进谏,保荐人才,获得了宋高宗的信任和赞许。赵鼎的抗金策略是先稳固南宋临安朝廷,而后收复失地。可见,如赵鼎这般的坚贞之士,并不会屈服于山河破碎的折难,锐意进取力图恢复宋室故土。岳飞就是经赵鼎举荐的抗金名将,但是岳飞距收复北宋失地仅一步之遥,被十二道金牌召回,从此山河梦碎。赵鼎是中兴名臣之首,与张浚政见不合,却很有大局意识,坦承张浚其实更适合主持当时的朝堂。即使张浚被闲置,赵鼎依然多次保举张浚,最后身退让贤。真真正正地做到了赤诚无私地为国举贤,心中毫无芥蒂。如此胸襟磊落之人,最后竟因被秦桧构陷,愤悱不平,终绝食而死,让人扼腕。

　　作为古代优秀的知识分子,他们的政治理想无一例外是希望能够为官一任、造福一方,居官之时恪尽职守、勤于政务。对朝廷的忠诚、对百姓的用心,赵鼎兼而有之,他的人生轨迹也如大多数知识分子一般,渴望能够报效祖国、建功立业,最终却惨淡收场。赵鼎两度拜相,又两度被罢黜贬谪。宋高宗建炎四年(1130年),赵鼎第一次贬谪,罢免签书枢密院事。绍兴八年(1138年)罢相,次年贬谪泉州,从而开始了他这一生最颠沛流离、悲愤难言的流放生活。这首《花心动·偶居杭州七宝山国清寺冬夜作》填于第一次罢相期间,赵鼎偶居山中寺院之内,愁绪落寞之心犹如冬夜寒山一般凄冷孤独。整首词情景交融,往昔渴望一展抱负、奋发有为的理想信念,与贬谪寓居期间无所用事的愁心悲苦形成了强烈的对比,词中既有无可奈何的抑郁不平,也有对现实不满的愤懑怨怼。

　　词之上阕以景起兴,烘托出满目凄凉萧疏的荒凉处境。"江月初升,听悲风、萧瑟满山零叶",冬季寒夜里,江月初升,一弯冷月,微泛青光。冬季清冷的夜晚,连风吟断续声里都似乎含着悲鸣声,穿过山上零落枝头的残叶发出了呜呜咽咽的吞吐之音。"夜久酒阑,火冷灯青,奈此愁怀千结",耳际萦绕着悲风萧瑟,夜深久坐唯有一盏青灯,连耿耿灯火都被这凄冷的氛围浇冷,映着月色泛着青光。"心似双丝网,中有千千结","千千结"本是形容男女之情,然而此时赵鼎在山寺的寒夜里,对天下、国家、自己的未来都有着深深的忧虑,似蛛网千结,缠绕难解。"绿琴三叹朱弦绝,与谁唱、阳春白雪",绿绮琴因司马相如而身价百倍。然而,现实却是知音难觅,有名琴却再也没有那个能够弹奏它、赏识它的人。这里是赵鼎借"绿琴"代言,宋高宗却不似慧眼识珠的司马相如,这是他心中的恨事。"阳春白雪,曲高和寡",纵有识琴者,却也没有能够弹奏阳春白雪的人了。知音难觅,雅乐更难寻,名琴弦断蒙尘,弹琴者亦飘零而去,盛年难再,光阴一去自不待时人重来。寒夜山寺愁坐,"但遐想,穷年坐对,断编遗册","穷"并不是指经济上不富裕,而是指志向难以实现。孔子"韦编三绝",道不行而著《春秋》,无法实现自己的理想时,退而著述。赵鼎似乎找到了一个谪居时新的人生道路,但这恰恰是他虚构的遐想。赵鼎作为古代优秀知识分子中的佼佼者,有着"虽九死其犹未悔"的人生信仰,家国天下事是最让人挥之不去的牵绊。有贤君则为国为民、鞠躬尽瘁,保荐天下贤才为君而用;君臣失遇,则"处江湖之远则忧其君",这是最让人钦佩动容的地方。

词之下阕借景抒情,直抒胸臆,大力抒写了家国巨变的悲剧以及自己心中的无限憾事与愁情。"西北欃枪未灭。千万乡关,梦遥吴越",运用暗喻手法,以空间上"西北"与南方的"吴越"之地进行南北对举,天各一方,极易产生强烈反差。"西北欃枪未灭"喻指中原大地沦陷于金人之手,至今山河仍在而江山易主,寇仇未灭的辛酸。辛弃疾《水龙吟·过南剑双溪楼》:"举头西北浮云,倚天万里须长剑",辛词中之"西北"亦犹此旨。"梦遥吴越",既可以是沦陷区的百姓盼望南宋能够救民于水火,山河梦圆的期盼;也可以是南渡而来,远离家乡、南渡吴越的游子,乡关难见、梦之不得的失路愁情。"慨念少年,横槊风流,醉胆海涵天阔",横槊赋诗的是曹操,他是东汉末年英雄人物的杰出代表。东汉末年豪强兼并,社会动荡战祸不断,百姓流离失所。而开创了建安新局面的就是这位杰出的政治家曹操,有着积极进取、锐意图强的雄才大略,凭经天纬地之才,广招天下贤才谋士为其所用,最终官渡之战扫除了北地豪强割据的势力。这里是赵鼎的自况,他感叹阳春白雪无人可唱,也珍惜自己的有限生命,担忧时光倏忽而逝但大业未成,他更渴望能够辅佐明君,战西北、稳中原,恢复国家一统。可是现实之中,赵鼎"老来身世疏篷底,忍憔悴、看人颜色"。强敌在中原故地横行霸道,家乡沦陷于仇敌之手。赵鼎夜宿山寺、冷月青灯,感叹老来无用,赋闲谪居,仰人鼻息,他的生命正在虚度。少年人的风流自赏与老来的看人颜色,形成了强烈对比,空有报国之志、经纶手段和为国捐躯的决心,却终究变成了老来独卧山野的憔悴闲人。"更何似、归欹枕流漱石",强烈的反差激起了赵鼎归隐山林的渴望之情,当然这虽然只是他郁闷伤感、愁肠难解的激愤言语,但是通过赵鼎的生平,我们不难了解到他是一个多么爱国、愿意为国牺牲而在所不辞的良臣,不是到了彻底的伤恨处,实难发出此激愤之语,这种辛酸失落才会更让人动容。作为历史的旁观者,实际上我们都知道,过不多久赵鼎便二次拜相,为国举贤、献计安邦去了。只是无奈的是,这短暂的拜相最终还是被罢免了,抗金的大业终究是流产了,赵鼎却绝食而死了。赵鼎这些种种无奈的表现是残酷现实的困境冲突之下身不由己的抉择,这些古代优秀的知识分子,失意之时歧路徘徊惶惶无措,种种失望迷茫、愤慨气闷的情绪,都会因为哪怕只有一个为国家抛头颅的机会,都会毫不犹豫地投身到治国平天下的事业中去,这便是崇高的爱国主义精神,人最可贵的精神品质。

这首词的艺术特点主要有:一是借事抒情,以小见大。赵鼎谪居山间寺庙,却能够时刻不忘为国建功立业、抗金收复中原,心中时刻装着家国天下事。目中是"火冷灯青",耳中是"萧瑟满山零叶",却联想到了"西北欃枪未灭",对沦陷区的百姓、为南渡士人所面对的灾难有深刻的同情。二是修辞上暗喻及对比手法的运用。西北与吴越的对比,横槊风流的少年与憔悴疏篷底的老人的对比等,都形成了强烈的对照。国家危亡却无主持政局、恢复中原的人才,有早建功业的雄心却不被重用,让人扼腕叹息。最美的杭州,春季草暖风熏,冬季寒意彻骨、瑟飒逼人,这正是词心的转变。秉持中正之心的有识之士看到的景色,是他们惶惑的内心的真实写照。杭州城里当然不会只有吟赏烟霞、拨弄风月的娴雅文人,更有这些珍惜有生之年,百折不回,渴望成就一番轰轰烈烈事业的人,他们是我们的民族脊梁,锐意进取的精神将会永垂不朽。

姜　夔

词人小传

　　姜夔,字尧章,号白石道人,鄱阳(今江西鄱阳)人,南宋著名词人、音乐家,今存《白石道人歌曲》《白石道人诗集》等。姜夔大约生于宋高宗绍兴二十五年,卒于宋宁宗嘉定十四年,即公元1155年至1221年左右。年少时,姜夔随父姜噩寓居任上,生活于汉阳(今湖北武汉)、长沙一带。姜噩身没后,"依姊山阳,间归饶州"①,一度曾依附于他的姐姐生活。其间姜夔多次应考而未能得中进士,困顿场屋而流浪江湖。宋孝宗淳熙十三年左右(1186年),姜夔于湖南长沙结识千岩老人萧德藻,雅趣相投,遂结为忘年之交,萧德藻更因激赏其才华而将侄女嫁与他为妻。次年,姜夔随萧德藻调任湖州,因道经杭州而投诗拜谒杨万里,亦受其青睐,甚至为他专门写信推荐给范成大。杨

---

① 姜夔:《姜白石词编年笺校》,上海古籍出版社,1981年版,第301页。

万里与范成大时为诗坛巨擘,姜夔诗词风雅、才情卓荦,得到此二人的赏识而声名大噪。此后,姜夔凭依权贵名士过着清客旅食的生活,但他的诗词却无一媚俗,情致高雅。陈郁《藏一话腴》曾赞美姜夔的这种疏淡潇洒的名士风流气度:"图书翰墨之藏汗牛充栋,襟期洒落,如晋宋间人。意到语工,不期高远而自高远。"①因卜居弁山苕溪白石洞天,而被称为"白石道人"。姜夔常以往来苏杭、布衣终老的陆龟蒙自况,追求自然山水之乐以及情志高雅的精神生活。卜居苕溪之时,姜夔多次往来游历于江南各地,行迹更远至合肥、南昌等处,甚至曾在合肥澜沧桥与两位歌妓谱写了一阕恋歌,姜夔一度用饱含深情的笔调追忆了这段人生之中美好的时光。宋宁宗庆元二年(1196年),姜夔移家杭州而得识张鉴,成为他的门客,相处甚为投缘,宾主相得十年,情同骨肉。《姜尧章自叙》曾提及:"(张鉴)欲输资以拜爵,某(姜夔)辞谢不愿,又欲割锡山之膏腴以养其山林无用之身。"②庆元三年(1197年),姜夔仿效周邦彦向朝廷进献《大乐议》,两年之后又献《圣宋铙歌鼓吹十二章》,欲以此跻身仕途,然而终不遂人愿,依然名落孙山,从此便绝意仕途。姜夔卒于1221

---

① 陈郁:《藏一话腴》,文渊阁四库全书本。
② 姜夔:《姜白石词笺注》,中华书局,2009年版,第325页。

年前后,依靠生前好友捐助葬于杭州钱塘门外的西马塍。姜夔多才多艺,不仅精通诗文,又娴于音律擅自度曲。终其一生未登科第,布衣江湖,奔走四方,交游于当时大部分较有声名的权贵,除杨万里、范成大、张鉴之外,尚有辛弃疾、朱熹等人,皆惊叹于姜夔的才华。然而,豪门乞食,名门清客,终究是寄人篱下、仰人鼻息,物质经济生活不能独立的个中酸苦、维持生计的艰辛都付词中,满是无法言说的痛苦和飘零悲凉的愁绪。但出于个人气节尊严,丝毫未见乞怜之色,这大约也是包括姜夔在内的众多寒士词人的词心。

姜夔晚年曾自编手订词集《白石道人歌曲》六卷,其中自度曲17首,旁注工尺谱,为研究宋词乐律最为重要的资料之一。姜夔词名一直受到后人尊崇膜拜,清代浙西词派更将其奉为圭臬。明清以来,他的词集刻本极多,有明吴讷《唐宋名贤百家词》本《白石先生词》,毛氏汲古阁刻本《白石词》,清朱彝尊辑录本《白石词》,厉鹗小玲珑馆抄本《白石道人歌曲》及《别集》等。近人批注姜夔词的注释本亦多见于市面流通之中,夏承焘先生之《姜白石词编年笺校》(中华书局)考订翔实,资料甚丰,是研究姜夔词作最为精善的注释本。此外,另有陈书良《姜白石词笺注》(中华书局)、刘乃昌编著《姜夔词新释辑评》(中国书店)等,皆各有千秋。姜夔代表着南宋骚雅词风一派的最高成就,经典名作特别多,姑推荐一二,如《扬州慢·淮左名都》《鹧鸪天·元夕有所梦》《惜红衣·簟枕邀凉》《念奴娇·闹红一舸》等。

暗 香[①]

辛亥[(1)]之冬,予载雪[(2)]诣石湖[(3)]。止既月[(4)],授简[(5)]索句,且征新声[(6)],作此两曲,石湖把玩不已,使工妓肄习之[(7)],音节谐婉,乃名之曰《暗香》《疏影》[(8)]。

旧时月色,算几番照我,梅边吹笛[(9)]?唤起玉人,不管清寒与攀摘。何逊[(10)]而今渐老,都忘却、春风词笔。但怪得、竹外疏花,香冷入瑶席[(11)]。

江国[(12)],正寂寂。叹寄与路遥[(13)],夜雪初积。翠尊[(14)]易泣,红萼无言耿相忆[(15)]。长记曾携手处,千树压、西湖寒碧。又片片吹尽也,几时见得?

词作题解

该词选自陈书良笺注的《姜白石词笺注》(中华书局)。依词序所言,绍熙二年(1191年),姜夔自合肥返回

---

① 【宋】姜夔:《姜白石词笺注》,中华书局,2009年版,第125－126页。

苕溪,经由石湖拜访范成大,以作新声。

《暗香》《疏影》,词牌名,皆为姜夔自度曲。此二曲皆为宋人咏梅词中的杰作,用入声韵。今两词音谱俱在,曲调优雅和婉,声情谐美。现选取第一首《暗香》,赋梅之作不即不离,未见梅而句句不离梅。虽作于苏州,却唤起了姜夔的西湖忧思之感。《疏影》附文后,供读者比照赏读。

词作注释

(1) 辛亥:中国古代所用的干支纪年法,是年为宋光宗绍熙二年(1191年)。

(2) 载雪:冒着雪。

(3) 诣:到。石湖:范成大晚年居住于苏州石湖,以此自号称为石湖居士。石湖位于江苏苏州古城西南,太湖之滨。

(4) 止:仅,只。既月:整月,一个月。

(5) 简:原指用来写字的竹片,引申为纸笺。

(6) 新声:新的词作。古人倚声填词,创制新词调亦等于创制新曲谱,填写新词。

(7) 工妓:伶工歌妓。肄(yì)习:练习、演习。

(8) 《暗香》《疏影》取自林逋《山园小梅》:"疏影横斜水清浅,暗香浮动月黄昏",姜夔赋梅分别取句首两字为调名。

(9) 梅边吹笛:在梅花边吹奏玉笛。李白《与史郎中钦听黄鹤楼上吹笛》诗:"黄鹤楼中吹玉笛,江城五月落梅花。"

(10) 何逊(466—519 年),字仲言,南朝齐梁诗人。与阴铿齐名,杜甫并称此二人为"阴何"。何逊生平酷爱梅花,任扬州法曹时曾作《咏早梅》诗。杜甫《和裴迪登蜀州东亭送客逢早梅相忆见寄》诗:"东阁官梅动诗兴,还如何逊在扬州。"这里是以何逊自比,自谦年事渐高,文思也渐渐衰退。

(11) 瑶席:形容华美的座席。李白《观元丹丘坐巫山屏风》诗:"锦衾瑶席何寂寂,楚王神女徒盈盈。"

(12) 江国:江南水乡。

(13) 寄与路遥:寄赠梅花却路途遥远。北魏陆凯《赠范晔诗》:"折梅逢驿使,寄与陇头人。江南无所有,聊赠一枝春。"

(14) 尊:通"樽",酒杯。翠尊是指用绿宝石镶嵌的酒杯。李白《将进酒》:"人生得意须尽欢,莫使金樽空对月。"

(15) 红萼:红花,这里指红梅。耿:心中挂怀,不能忘却。王维《辛夷坞》诗:"木末芙蓉花,山中发红萼。"

词作赏析

数年前在苏州大学文学院读书时,因个性原因,以前着实无法欣赏姜夔之作,深感其过于纤柔软弱。哪能想到数年后的我,默坐桌前良久,要为姜夔挖空肺腑、检索枯肠。胸中似有千言万语,但又难成一语,分析姜夔词作于我来说可真是千难万难。早知如此,我当年定会再努力一番,耐下心求教苦读,也不致今日落魄至此。

客观上来看,姜夔其人其词即使写一部书也是说不尽、说不全的,短短三五千言哪怕只言及一点,亦难以面面俱到。而我又因才学所限,实在怕言之有失,有贻误读者之嫌。考虑到本节六位名家词作皆来自南宋,基于本人所思所学,略结合南渡的崇雅文化来品一品这位南宋著名词人的风采。

该词词前有一则小序,词序产生的原因极为复杂,从文体发展的角度来看是受到了诗序的影响,这是各类文体发展中互相影响、互相渗透的必然结果。从词体自身的特质上来看,词兼具文学性和音乐性,长于言情但在遣词达意上受限于格律、字句的要求。当体悟词作所抒写的情怀时,不免会探究引起词作情感所叙及的事,词前小序很好地弥补了词弱于叙事的不足,情文共生。姜夔精通音律,观其词集《白石道人歌曲》中更有17首下附工尺谱的自度曲,这一点足以明证,这甚至成为现今我们推知南宋时期宋词歌唱演奏比较真实可靠的第一手资料。词序中交代了填词的缘起,《暗香》《疏影》二词乃自度曲同时作成,调名取自林和靖诗《山园小梅》诗:"疏影横斜水清浅,暗香浮动月黄昏"一联。词序使人了解到姜夔这一《宋史》无传的布衣词人的行迹和交游,具有史料意义,同时知人论世又有利于理解作品内涵与情感特质。该序还涉及了范成大对该词的评价,可见词序与词作的填写并不是同时完成的,词序是姜夔完成创制新声之后特意加上去的补充说明。这些都是短短一篇小序透露出的信息,对全方位研究姜夔的创作提供了文献依据。从语言特色上来看,姜夔极善文章词赋之道,风格直追六朝小品美文,极富艺术特色,以此词前小序观之,略可见一二。姜夔序中注重刻画醇美之景,或者说着意烘托营造美的意象。"载雪诣石湖",乘着行舟、冒着风雪一路风霜拜访范成大,姜夔没有言说行程的艰苦,所历经的雨雪风霜似乎也都不值一提。却独独展示了他飘然而来的飘逸姿态和俊秀风神,不落凡俗的灵性之美荡漾在文中,言辞轻快的笔调中勾画出超逸绝尘的磊落风情,寥寥一笔就以疏淡的大写意呈现出了"雅人深致"的词人形象。这也高度契合了南渡文化影响下,文人群体在创作过程中所追求的审美情趣。

两宋词坛的审美风格从绚丽多姿走向繁霜萧暮,由雍容典丽转而为古雅峭拔的风格,虽说世风时易是气数,然而文风染习、浸润既久,亦是创作主体的主观选择,姜夔则是这文章气运转变脉络上的关键之一。词由合乐可歌的酒宴佐欢之词转变成了诗人之词,继而再演变成了案头之词。究其原因,一是因为词作传播方式的改变,由口头演唱转变成了结集出版。到了南宋,甚至仅有豪门贵族豢养歌妓依然会进行演唱,演唱传播的受众面变小,合乐可歌的小词逐渐变成了案头文学。当然从创作主体转变的角度来看,词人群体由主体是士人阶层构成的词人群转变成寒士为主体,他们成了专力填词的贵族门第的清客。士人阶层于词学一途偶一为之,到姜夔所处时代时,可以说存在着一大部分仕途上难以寸进的寒士,他们成为依靠权贵为生专力写词的清客,将填词职业化,这也在一定程度上促进了词的雅化。姜夔精通乐律,与辛弃疾是南宋词坛里双峰并举的两位大词人,他们两人在南宋各擎起了半边天,代表着两种不同的词风:以辛弃疾为首的辛派词人举起了南宋爱国词派的大旗,其悲壮的词风有着感人至深的精神力量,他的挫折与失意掩盖在豪迈雄健的词风中,让人扼腕叹息;以姜夔为首的骚雅派江湖词人群体转徙四方,大多充当着豪门清客这一类的角色以维持生计,衣食无着的现实造成了人格不独立、经济不自由的现状,词中多有凄凉衰瑟、哀怨飘零的嗟叹语,充满了一种无以为家、无所凭依的身世之感。

南宋的学风与文化的根源在于"崇正复雅"思想,是南渡士人吸取了北宋覆亡的教训所提出的思想主张。推演到词学思想中,南宋词学家便张帜"雅正"大旗,一方面要提高词的文化品格和思想内蕴,另一方面又要讲求词的文学独立性,即提倡保持词作为音乐文学的本质特征,严守词乐的格律要求。这些词坛名宿大多雅通音韵,娴熟乐器,或箫、或笛、或古琴,从词的音乐本源属性上,标举词乐正统的大旗。比如姜夔就善吹箫、能琴,《过垂虹亭》中曾经写道:"自作新词韵最娇,小红清唱我吹箫。"从创作实践上来看,辛派词人则是着意加强了词的诗性特征,延续着苏轼"以诗为词"的创作方式以推升词的思想性,这就是"推尊词体"。反观之,以姜夔为代表的格律派诸人,则从严守词律的角度入手,又能融合词作思想性的要求,形成了"清空""骚雅"的词风,扩充了"本色当行"这一词学理念的思想内涵。可见,即使同样是词学"雅化",却在形式和内容上都有极大的不同。一个是力所能及地扩充词所能表现的外延,一个是细化词的本体属性,事物的发展总是一体两面的。窃以为,在词学史发展中姜夔所产生的影响可能较辛弃疾更为深远一些,拉起号为词学中兴的清词的序幕的浙西词派,他们崇尚姜夔、张炎词风,更有词论家论及此处时辄称"家白石户玉田"。及至晚清,虽以常州词派为宗,但亦不乏步履其后之人,张斥骚雅词风。姜夔的影响力可见一斑,开宗立派的词学名家之喻,实至名归。

这是一首咏物词——咏梅,王国维曾在《人间词话》中以"隔"与"不隔"为标准来评价咏物词的优劣,姜夔名字反复出现,甚至可以说是王国维所提出的问题的反面典型的代表:"白石暗香、疏影,格调虽高,然无一语道着""(白石)虽格韵高绝,然如雾里看花终隔一层"[①]等。王国维先生却对苏轼《水龙吟》、周邦彦《苏幕遮》推崇备至,赞咏物之词以《水龙吟》为最工,《苏幕遮》得荷花是神理,对南宋诸名家词作包括姜夔在内都略有微言。私以为,王国维先生皆以评价北宋词作的方式来评价南宋骚雅派词人,这其实是两种截然不同的填词方式。叶嘉莹先生曾提及北宋词作有直接感发人心的力量,这就好比身临其境的冲击感。但是,南宋词尤其是骚雅词派,注重幽微情绪感发的委婉之美,曲尽陈情。两者如春花和秋月各擅胜场,进行文学批评时,理应采用不同的批评标准,姜夔之作《暗香》亦如是。咏物佳作除了要传达事物神理之妙,同时又要达到"托物言志"的最高标准,古典词作之中

---

① 王国维:《人间词话》,山西古籍出版社,2002年版,第21-22页。

的"物"隐喻着作者的情意志向。这对于南宋骚雅派词作来说,咏物词在内容叙述上要传神,在语言表达上要雅正,在情感内涵抒发上要深婉,要情志高远。那我们不妨从这几点来品味《暗香》。

词之上阕注重环境的渲染,"旧时月色,算几番照我,梅边吹笛",采用起兴手法,咏梅却先写月色,但此月色又绝非此时此刻、此情此景之月色,姜夔却因一片月色、一缕笛音而想起了一段伤心往事。"梅边吹笛",一管寒笛吹彻梅边月上。这其实是他的想象之词,在虚拟想象之中,又借由视觉引起听觉的通感。姜夔,一个精通乐律的雅人,曾多次在月下梅边吹奏玉笛,赏梅弄笛是一件颇具风情余韵的风流雅事。每当月色照人,姜夔就会想起如此良宵;听到梅林里吹奏的笛声,就会想起一位玉人。"唤起玉人,不管清寒与攀摘",月下摘梅是姜夔曾经与她一同共度的最美好往事。玉笛梅香之中,有一位愿意时刻与他一起摘梅的恋人,只是因为姜夔自己兴之所至,便不顾寒冷与繁霜。也许处处都会有这样一片似旧时的月色,却少了那位与姜夔一样胸中无半点尘俗所染的知己玉人。首二句是虚写,都是姜夔记忆中的人和事。姜夔仅仅凭借一段笛音,便能够思及一位玉人,念及一段萦绕心中久久无法忘怀的陈年往事。相思入骨,却又风雅至极。但是,现实中却是"何逊而今渐老,都忘却、春风词笔",姜夔感叹自己逐渐老去,不复年轻时才华,甚至也许情怀也随之逝去,隐含着一重思考:月色就算如昨日那般美好,词人却已老去,纵厮景可复,人间如往昔般的人与情却难再,又有何用呢?可叹流年、追忆往昔,这样的情感是极为惆怅难言的,姜夔借笛与梅,轻轻地揭起了自己的伤痛。我们可以再做第二重思考:姜夔是如何从首二句的无限美好的追忆回到"忘却春风词笔"的残酷现实之中的呢?"但怪得、竹外疏花,香冷入瑶席",一缕梅花的幽香拉回了姜夔所有的思绪,到上阕词作结束,姜夔方才点出了"暗香"的主题。词之上阕,是想象与现实的交织,听觉上的笛声、视觉上月色的清寒,这些都是回忆想象,而嗅觉上梅花的冷香则是现实里真实的环境,姜夔将这三种感觉交织在一起,从而构成了清雅冷峻的冬夜赏梅场景。

下阕换头一句是以景含情的过渡,"叹寄与路遥",姜夔运用了"江南无所有,聊寄一枝春"的诗意,提升了词的艺术性和诗趣。姜夔与玉人分别之后,遇此月色赏此梅景,便想要寄送一支梅花聊表相思。"翠尊易泣,红萼无言耿相忆",伤别情绪的自然流露,"翠尊"暗指姜夔自己,"红萼"借喻词之上阕所怀之玉人,同时又能形成色彩上的强烈反差。红梅无从由寄,姜夔望着红梅,遥想玉人那无声无息的相思意绪。姜夔写自己的愁与泪,写玉人的徒然相思,反衬出二人分别的凄凉与迫不得已。直到词作快要收尾,姜夔都还不曾透露出自己所怀之人、所怀之事和所怀之地,此前的种种铺垫和渲染就像是在做一个谜题,读者不得不一直都在等待他的释疑解惑。"长记曾携手处,千树压、西湖寒碧。又片片吹尽也,几时见得",不看到词尾就无法体味到这首词作的精妙之处。姜夔在姑苏石湖的梅林里,却想到了杭州西湖孤山之上,梅花成阵,千树齐发,花海之中姜夔与他心爱之人、他的知己,曾在梅花深处临湖赏梅。然而,过去的美好如今却似梅花凋零般不可追寻,哪怕旧时月色依旧掩映心头。从此"曾经沧海难为水,除却巫山不是云",姜夔就算看到了同一轮月下、不同地方再美再艳再雅的梅花,也不若杭州西湖边上曾彼此携手过的梅林。西湖边上梅花之美,姜夔没有进行任何物质上的描写,形象的勾画,甚至不知道是哪种梅花,何种环境,孤山风景几何,但是,西湖孤山梅花之美,因为姜夔的情感体验,通过他的怀念与追忆,便永远地烙印出来了,以梅花表相思。

咏物词的优劣,以是否能够拟物传神为标准,以苏轼《水龙吟》咏杨花为例,"春色三分,一分尘土,二分流水",紧扣住杨花随风飘扬的零落物态。《暗香》于此确有不及,可以说并没有传达出梅花外在的物态神韵,着意于渲染了别后相思的情绪体验。以之观物,梅花有了人的感情,具有了人文品格。另外,姜夔的高明之处在于对"雅"的不着痕迹地追求刻画,他将人之雅兴、雅人情趣以及梅花的雅韵都结合在一起,互相映衬,彼此交织,渲染了一个清幽之美的胜境。姜夔赏梅有着不同凡俗的高雅情趣,月光至美,笛音袅袅,吹笛赏梅之余尚有一位知己懂得他的审美情趣,这正是人生雅事。善于借用梅花在古典文学中所表现的传统意象,所营建的场景都是在与梅花相关的典故的基础上所形成的。将所有回忆都笼罩在幽冷清空的氛围里,梅花成了姜夔情感抒发的媒介。喜也因梅花,忧也因梅花,情感的牵引却是因为一支笛子,一段笛音。对于所咏之"物"的本身——梅花,梅花的风韵和标格,确实如王国维先生所说的"无一语道着"。但是,从陈情曲尽、情韵协婉的角度来说,梅花的名士风度及人文品格和他本人的情感世界,却能够很自然地得到呈现。

本文后另附一首《疏影》,慧心人可细细体味。

附录:

疏　影

苔枝缀玉,有翠禽小小,枝上同宿。客里相逢,篱角黄昏,无言自倚修竹。昭君不惯胡沙远,但暗忆、江南江北。想佩环、月夜归来,化作此花幽独。

犹记深宫旧事,那人正睡里,飞近蛾绿。莫似春风,不管盈盈,早与安排金屋。还教一片随波去,又却怨、玉龙哀曲。等恁时、重觅幽香,已入小窗横幅。

周　密

词人小传

周密(1232—1298年),字公谨,号草窗,又号蘋洲,晚年号四水潜夫、弁阳老人等①。南宋著名词人,与南宋吴文英(号梦窗)并称"二窗"。周密祖籍山东历城,《齐东野语》自序云:"余世为齐人,居历山下,或居华不注之阳。"②是以,又因之自号为"华不注山人"。周密出生在一个世代簪缨的书香世家,"种学绩文,代有闻人",入朝为官者亦不可胜数,是当地闻名的高门望族。靖康之变后,其曾祖周秘又作(祕)随跸南渡,举家移居吴兴,其后置业于弁山。其父周晋长期外放地方为官,周密出生于其父任富阳令时,随后青少年时期一直随父任上。周晋博雅好文,闻于时贤,周密幼时承袭父教,耳濡目染之下亦博学多

---

① 周密的生卒年采用夏承焘先生《唐宋词人年谱》中的论断。
② 周密:《齐东野语》自序,中华书局,1983年版,第4页。

闻、学识通达。宝祐年间（宋理宗年号，1253—1258年）入围秋试，跻身仕途，任建康府都钱库，后又掌京畿漕运等事。周密怀经世之志，积极用世，关心百姓疾苦。南宋灭亡后，隐居不出，将对故国的一片赤忱之心都真实地记录在自己的笔记《武林旧事》《齐东野语》等著述之中，南宋杭州大量的历史资料、风俗人情、文化掌故因他而不至湮没无闻。

　　周密不仅是南宋著名词人，还是著名的文学家、历史学家及文献专家。在史学理论、史学撰述、文学批评、诗词创作方面都有十分突出的成就，在中国文学及史学史上皆产生了深刻的影响。经夏承焘先生《草窗著述考》考证，周密著书达31种之多，今存亦有13种：《草窗韵语》六卷、《蘋洲渔笛谱》二卷、《草窗词》二卷、《绝妙好词》七卷、《武林旧事》十卷、《齐东野语》二十卷、《癸辛杂识》六卷、《浩然斋雅谈》三卷、《云烟过眼录》四卷、《志雅堂杂钞》一卷、《澄怀录》二卷、《浩然斋意抄》《浩然斋视听抄》。[①] 以词集而论，见于诸家著录者有：明吴讷《唐宋名贤百家词》本《草窗词》、清芝兰之室抄本《弁阳老人词》、鲍氏《知不足斋丛书》本《蘋洲渔笛谱》等，其中《弁阳老人

---

① 以上关于周密著述的考证，可参见夏承焘所著《草窗著述考》，《唐宋词人年谱·周草窗年谱》，上海古籍出版社，1979年版，第370—375页。

词》较为罕见,《蘋洲渔笛谱》乃周密手成,而《草窗词》则由后人辑录而成,后两种词集流传较广。《草窗词》中一部分词作乃是收录自《蘋洲渔笛谱》,同时删去词前小序;另一部分则是从《绝妙好词》《乐府补题》中辑出未见于《蘋洲渔笛谱》中的词作,经此二者收集整理而成。其中所列书目,笔记居其九,有保存故都杭州风俗人情的翔实记述,亦有艺术鉴赏类的雅鉴文字,内容不一而足、包罗万象,为后人留下了丰厚的文化遗产。《全宋词》录存周密词作153首,其代表词作主要有《高阳台·送陈君衡被召》《花犯·水仙花》《一萼红·登蓬莱阁有感》《水龙吟·白莲》等。近人注释本主要有史克振《草窗词校注》(齐鲁书社)、邓乔彬点校《蘋洲渔笛谱》(上海古籍出版社)。

法曲献仙音·吊雪香亭梅

　　松雪飘寒,岭[1]云吹冻,红破数椒[2]春浅。衬舞台荒,浣妆池冷,凄凉市朝[3]轻换。叹花与人凋谢,依依岁华晚[4]。

　　共凄黯。问东风、几番吹梦?应惯识当年,翠屏金辇[5]。一片古今愁,但废绿[6]平烟空远。无语销魂[7],对斜阳衰草泪满。又西泠[8]残笛,低送数声春怨。

词作题解

该词选自邓乔彬校点的《蘋洲渔笛谱》(上海古籍出版社)①。词作填于南宋亡国之后,周密与友人相约故地重游,寻访故都临安的旧宫苑,借梅寓怀。虽是咏物词,但暗写伤今怀古之情、哀悼亡国之痛。

《法曲》源自汉代的清商乐,兴于隋盛于唐。唐朝燕乐流行以后,是少数保留了中国古代传统音乐的乐种之一。唐之《法曲》除了清乐,还包括了道曲和佛曲,更掺杂了些异域外族的音乐。北宋初,教坊中尚有乐曲:燕乐、散乐、法曲、龟兹舞曲等。南宋时,法曲与燕乐并存,仅有《望瀛与》《献仙音》两种。法曲在《乐章集》《清真集》并入小石调,《白石道人歌曲》入大石调。《法曲献仙音》以周邦彦《法曲献仙音·蝉咽凉柯》为正体,双调共92字,上阕八句、下阕九句皆入仄韵。

雪香亭位于杭州清波门外聚景园内,建于南宋孝宗时期,为其致养之地,园中各厅堂匾额皆为孝宗御笔亲书。嘉泰年间,宋宁宗奉成肃太后驾幸,其后遂日渐失修荒废。

---

① 周密:《蘋洲渔笛谱》,上海古籍出版社,1989年版,第91-92页。

词作注释

(1) 岭:葛岭,道教名山圣地,相传东晋著名道士葛洪于此结庐炼丹,现位于杭州市西湖以北。

(2) 红破数椒:数朵红梅含苞待放状如红椒。

(3) 市朝:这里是偏义复词,偏"朝",指朝廷。杜牧《送隐者一绝》:"无媒径路草萧萧,自古云林远市朝。"

(4) 晚:《广韵》:"暮也",日暮,引申为迟暮之意。唐代高蟾《金陵晚望》:"曾伴浮云归晚翠,犹陪落日泛秋声。"

(5) 翠屏:碧玉屏风,南朝江淹《丽色赋》:"紫帷铪帀,翠屏环合。"金辇(niǎn):用黄金打造的车驾。翠屏金辇:形容故苑旧日的奢华装饰。

(6) 废绿:荒废的园林。

(7) 销魂:非常伤感哀痛的情绪。江淹《别赋》:"黯然销魂者,唯别而已矣。"

(8) 西泠(líng):西泠桥,位于杭州西湖孤山下。

词作赏析

周密是宋代著名词人,在宋季词坛举足轻重,他不仅仅是一位以填词而闻名的词人,在词学理论、词集编纂等领域里,也有极高的成就和影响。因此,如果仅仅只谈周密的词作艺术特征,怕是很难全面认识这样一位处于宋元易代之际的文艺通才,行文将从词集词选、遗民情怀、词人词作等多个角度进行介绍。

  周密词学创作活动大体可以分为两个阶段:一是南宋灭亡之前,他的词也多填于这一时期。继承了姜夔清空骚雅的词风,语言清丽精工,格律谨严,用典雅赡;二是宋亡之后,周密致力于著述,此时期填写之作留存于今者不足 10 首,词以情胜,寄寓了很深的家国之思、身世之慨。清人戈载《宋七家词选》赞其:"尽洗靡曼,独标清丽,有韶倩之色,有绵渺之思。"周密出生于书香世家,幼年时就受到了良好的儒家传统文化熏陶,作为封建士大夫阶层的一员,他也极力主张"雅正"的思想。早年曾师从杨瓒学词,又曾加入张枢、李彭老等人所建的"吟台词社"。词社凝聚了一大批寓杭的知名文人,词人们投入了大量的热情和精力在结社吟咏、唱酬雅玩之事上,他们雕琢字句、精审音韵,钻研锤炼填词技巧。除此而外,词人们追求雅的艺术品位的同时,还提升了自身的文艺修养,丰富了日常生活的雅致情韵。潜移默化之下,周密耳濡目染,自然流露出了承平故家的贵公子风流儒雅的文士心态。与"吟社"诸人一样,周密流连于西湖山水,吟赏烟霞拨弄风月,有意无意地追求着雅致生活的格调。词偏于清雅柔婉,内容局限于自然风光景物之胜、地方人物风俗之富庶繁华,虽从不同侧面展现杭州的社会风俗、节序风光、宴游清景,但是很难体会到词作的思想内涵和人生寄托。集中更有一些所谓应社而作的无谓之词①,如宴饮游记词、和韵唱酬词等,艺术技巧水平虽不低,但缺少了情感温度。南宋灭亡后,周密重新审视这天下易主的往日河山,故交零落、旧地荒芜,心境与情怀早已不同往昔。旧时眼中西湖的"平波卷絮"的柔情丽景已不复可观,甚至染上了悲凉凄楚的情绪,让人触目惊心。周密后期的词作数量不多,艺术风貌、词情语调与早期的词作发生了翻天覆地的明显改变。

要想体会周密的创作转型以及心态转变,不妨先从"文化"的视角进行探索。赵宋王朝是一个极其传统而又谨守严苛礼仪文化的封建朝代典型,文人士绅秉持着华夷之辨、夷夏之防的正统思想。赵宋王朝沦丧于蒙元铁蹄之下,不仅仅代表着一个朝代的结束。蒙元所推行的民族歧视政策,对这些儒家礼俗文化影响下的正统文人来说,意味着"文化道统"的沦丧,象征着华夏正统的礼乐文化被异族统治者摧毁的残酷现实,家国沦落、衣冠尽改。在这样的社会大环境背景下,元世祖至元二十三年

---

① 周济《介存斋论词杂著》中提及:"北宋有无谓之词以应歌,南宋有无谓之词以应社。"周济:《介存斋论词杂著》,《词话丛编》第二册,中华书局,2005年版,第1629页。

(1286年),发生了元僧杨琏真伽发掘宋帝六陵的历史事件,毁坏墓室、破坏遗体、抢劫墓室内随葬珍宝,丧心病狂地盗宝弃骨于荒野。宋元之际的遗民士大夫,目此残忍至极、令人发指的残暴行径,心中升腾而起强烈的遗民意识和使命责任感,其实亦是对传统儒家文化的哀悼,周密正是诸多有识之士其中之一。他不再流连风月歌舞,也不再逞一时雕琢之技,亦不会刻意追求人、事、物、景的精细摹写,表现手法等艺术技巧越来越淡化。换以托物言志,寓忠愤于江山景物的家国悲慨,继而呈现出凄清婉转、含蓄蕴藉的艺术情貌。值得注意的是,周密怀着深沉的眷恋神京之思,作为《乐府补题》咏物活动中的主要活动倡导者、实施者,号召了更多的宋遗民参与到这项集体吟咏活动中来。《乐府补题》代表了两宋咏物词的巅峰,不仅是因为集中34首词本身所具有极高的艺术造诣,实际上还别具文献价值和历史意义。寄托遥深、感时忧愤,南宋遗民群体共同借助了"词"——这一婉转幽微的文学体裁,发出了时代的最强音。词风本柔,柔亦可刚。当然,周密对词学史的贡献尚不仅于此,他以"风雅"为选词标准,选录南宋词人130家共391首词,编纂而成《绝妙好词》。这是第一部由文人按照一定审美标准,有意识地编选而成极为完整的断代词选。周密不仅是为了保存一代文学风雅之盛,更是出于"以词存史"的目的,就如同他苦心孤诣地撰写笔记著作那般,孜孜所求的是保存乡邦文化与故国真实。诚如清人宋翔凤《乐府余论》所言:"南宋词人,系情旧京,凡言归路,言家山,言故国,皆恨中原隔绝。此周公瑾氏《绝妙好词》所尤选也。"①《绝妙好词》与《乐府补题》是与周密息息相关的两部词集,后人不仅可以从中窥探了解到南宋光辉灿烂的词学成就,更能充分领略中华传统人文精神的永恒魅力,在磨难与困境之中汲取精神力量,从而坚定人生信仰。艰难里不会迷茫,逆境中不会消沉,从而走好自己的人生道路,艰难困苦,玉汝于成。

基本了解了周密的创作心态与人生轨迹之后,更易于体察这首《法曲献仙音·吊雪香亭梅》的情感内蕴和思想张力,故而笔者不惜花费了大量笔墨在看似与此词毫不相关的文字之上,这便是我们常说的研究作品应"知人论世"。这首词约填于宋亡后 10 年,周密与知交故友凭吊雪香亭,既是对往昔繁华生活的怀念,也是对故国的凭吊。

词之上阕周密描写了园中楼台弛废荒芜萧条、人烟罕见的境况,以此暗指江山易主的残酷事实。"松雪飘

---

① 宋翔凤:《乐府余论》,《词话丛编》第三册,中华书局,2005 年版,第 2502 页。

寒,岭云吹冻",首句便炫人眼球,对仗工整、自然妥帖。既传神地描写了入冬时节冷风吹雪、冻云飘寒的天气,又营造了一种冷峻凄冷的氛围,冬季刮起的北风吹送松雪无情地刮过南方岭云大地,杭州一片寒冷彻骨。这里应当是有所指,松雪暗指北方蒙元朝廷,岭云暗指故宋河山,南宋已经覆亡于元朝廷,江南已沦为元朝的统治区。"红破数椒春浅",周密直接点题,引出咏物词的主角——红梅,它的第一次亮相可以说是非常亮眼。寒冷天气里,有几株红梅的花骨朵正待放,这代表着严寒中的生机和希望。将枝头点点红梅比喻成红椒,非常形象又极富艺术的想象力。"衬舞台荒,浣妆池冷",南宋末年,聚景园已荒废良久,国破之后园中景物之残破情况,亦不待思索便可由此料知。"衬舞台"与"浣妆池"许是与雪香亭一样乃是聚景园中的楼台建筑,推此及彼,不专写一处又笔笔泛出。"凄凉市朝轻换",周密继承了周(周邦彦)、姜(姜夔)以来精于炼字炼意、精美典雅的艺术风格,这极易让人联想起周邦彦《意难忘》中"知音见说无双,解移宫换羽,未怕周郎"之句,炼字之处风格酷肖。一个"轻"字,用淡笔写深情,看似漫不经心地将心里痛苦伤感的情绪掩盖,实则悲痛伤怀、哀悼哀婉,情不能自已。同时,又能很自然地回到"吊梅"的主题——"叹花与人凋谢,依依岁华晚"。周密由景及人,台荒池冷之地物换星移,然而眼前的红梅却依然自开自落、无畏严寒,不论"市朝轻换"。周密先运用了第一重对比——衰败与生机,清冷的场景与红破枝头的梅花形成反差,从而反视朝局遽变。将梅花开在暮冬,进入了物华一年之中的凋零期;同时与人之将暮,又遭逢亡国结合在一起,进行了第二重对比——借花惜人。物我交融般的契合,形成了二者的身份重构。借物咏怀,孤独落寞、悄然无助的亡国之思呼之欲出。

词之下阕周密借景抒情,抒发了忧愤悲痛的遗民情怀。换头句"共凄黯",承接上文所点染情绪而来,自然过渡到词作所抒发的情感主题。"问东风,几番吹梦?"周密发出泣血的锥心一问。上阕词中已分析过"吹冻岭云"之风是暗指蒙元残酷统治下的江南地区,那么东风吹梦则是故国相思之梦,东风送暖吹过故旧江南,一切似乎都还是那么美好,唤起了周密眷恋神京的情思。"应惯识当年,翠屏金辇",周密感叹庭前梅树惯识当年园中楼阁亭台景致之盛,园中金辇曾来往穿梭驻跸游赏的景况。"翠屏金辇"形成互文,既是写园中景美,又是写游兴喧闹。但是,自己却只看到"衬舞台荒,浣妆池冷",进一步渲染思念旧朝的悲愤情绪。"一片古今愁,但废绿平烟空远",起到了起承转合的作用。"古今愁"突出了抚近伤昔的家国之恨的主题;"废绿平烟空远"却又将痛心语弱化,不让人痛快言说,只剩下一片吞吐之意。一方面是因为词体虽可以进行强烈的情感抒写,但在情感表达上,终究是以含蓄蕴藉为主;另一方面,在蒙元推行的文化压制政策的背景下,有怀故国的文字其实是有碍观瞻的,不能明说。周密将感情释放在景物的描写中,着一"废"字,形容山河残破的现实,一如姜夔之"废池乔木,犹厌言兵"的黍离之悲。着一"空"字,突显出周密无可奈何而又束手无策的彷徨无助,晏殊有"满目山河空念远",情同此意,而周词更多的却是家国之思、古今兴废之恨。"无语销魂,对斜阳衰草泪满",周密黯然神伤却又无法排遣,只留下一道"斜阳衰草",凄凉的暮景、寥落的氛围,加之以饱含着周密情感张力的"泪满"作结。词作最后在情绪的最高潮戛然而止,再进一步弱化了悲怨情感的直接表达,周密调转笔触从另一个侧面进行渲染,将视觉感受转向听觉感受——"又西泠残笛,低送数声春怨"。西泠作为南宋时杭州的名胜,在诸多寓杭名家词作中更是多次出现,是昔日西湖边烟柳繁华地的象征。曾几何时,西泠曾游人如织前来踏春,此时此刻却全部荒芜凋零、寂寞无人见,和着飘来耳中似有如无的断续哽咽残笛声,不断地冲击刺痛着那无言泪落的遗民痛楚的内心。

这首词既有良好的艺术表现力,又能使读者深刻地体会到周密内心对故国的怀念与深情。周密将高超的艺术技巧与感人至深的情感有机融合,达到了情景交融、物我两忘的极高艺术境界,吊梅花、吊故国与哀悼词人自身的飘零愁绪,水乳交融密不可分,足可称其为寄托咏物的佳作。联系到宋朝亡国未远,又经历了元僧发陵的苦痛,若说没有任何寄托暗指,也是很不合情理的。虽不可以停留在表面泛泛而读,当然亦不可穿凿附会、过度解读。因此,理解这首词时,可以适时地反复吟咏,其中韵味悠长,情感辗转缠绵,当真是一唱三叹、字字血泪。通过与下文王沂孙之作来比较阅读,更可以加深理解词作的深意。

王沂孙

词人小传

王沂孙,字圣与,号碧山,又号中仙,别号玉笥山人,会稽(今浙江绍兴)人。王沂孙是宋末元初著名词人,著有词集《花外集》,又名《玉笥山人词集》。因王沂孙生平资料较少,行迹事略难以追索,只能从其词作或友人笔记等只言片语的记述中略作推论。在南宋时王沂孙任何官职已无从知晓,从他结交友人的情况可探知其家境优渥,他与当时众多文人一样,亦曾有过锦衣玉食、寄情山水的悠游闲适岁月。入元之后,与著名文人周密、张炎、陈允平等人交往密切,主要活动于杭州、会稽一带,亦曾参加过著名的《乐府补题》活动。在蒙元的高压统治与胁迫之下,王沂孙曾出任庆元路(今浙江宁波)学正。元朝学正之职仅仅负责地方教育而非行政官员,王沂孙后终因心怀故国,不久即辞官而去。作为南宋遗民,也属无奈之举,当时之人更是给予了极大的谅解,万不可因此事以文人失节为名而罪之。另外,关于王沂孙的生卒年,一直以来学界争议较大,众说纷纭,兹不赘述。本文并不以考证其生卒年为目的,因此直接采用杨海明先生的观点:王沂孙生于宋理宗绍定五年(1232年)至宋理宗淳祐八年(1248年)之间,卒于元成宗大德十年(1306年)至元英宗至治元年(1321年)之间[①]。

王沂孙的词作,在宋末元初之时,已经结集出版,名为《花外集》。今所传其词集者,有题为《玉笥山人词集》的《唐宋名贤百家词》本、明石村书屋钞《宋元明三十三家词》本《玉笥山人词集》、鲍氏《知不足斋丛书》本《花外集》等。近人注释本主要有:吴则虞笺注《花外集》(上海古籍出版社)、詹安泰笺注《王沂孙词笺注》(广东人民出版社)等。《全宋词》录存其词共64首,代表作有《天香·龙涎香》《眉妩·新月》《齐天乐·蝉》《长亭怨慢·重过中庵故园》等。

[①] 关于王沂孙生卒年的考证可参见杨海明先生所撰论文。杨海明:《王沂孙生、卒年考》,载《社会科学战线》,1984年第3期。

法曲献仙音·聚景亭梅次草窗韵

层绿峨峨⁽¹⁾,纤琼皎皎⁽²⁾,倒压波浪清浅⁽³⁾。过眼年华,动人幽意,相逢几番春换。记唤酒寻芳处,盈盈褪妆晚⁽⁴⁾。

已消黯,况凄凉近来离思,应忘却明月,夜深归辇⁽⁵⁾。荏苒⁽⁶⁾一枝春,恨东风人似天远。纵有残花,洒征衣⁽⁷⁾、铅泪⁽⁸⁾都满。但殷勤⁽⁹⁾折取,自遣一襟幽怨。

词作题解

该词选自吴则虞先生所笺注的《花外集》^①。元世祖至元十七年(1280年)前后,王沂孙抵杭,与周密、李彭老等知交故旧重逢,时故国沦落、山川凋零,感慨不已。遂相约同游西湖、孤山等南宋故苑,访聚景园之时,诸人以吊梅花为题各自赋词。上一篇所选周密词作之《法曲献仙音·吊雪香亭梅》亦作于此时,王沂孙步韵和之,填成此阕。两首《法曲献仙音》,是从不同角度描写了园内残破的荒凉景象,寄托了王沂孙浓厚的家国之情,不胜悲

---

① 王沂孙:《花外集》,上海古籍出版社,1988年版,第107页。

戚、伤怀满纸。

聚景园,上文亦有所述及,乃旧南宋皇苑。因文不两见之故,故拣录文献条目一则,供君赏读。《西湖游览志》载:"清波门外旧有聚景园。……先是高宗(赵构)居大内时属意湖山,孝宗(赵昚)乃建园奉上皇游幸。……其后累朝临幸,理宗以后日渐荒落。"[①]

词作注释

(1) 层绿:绿梅。峨峨:巍峨高耸的样子。

(2) 琼:美玉。纤琼:玉质纤纤般柔美的白梅。皎皎:洁白的样子。曹植《蝉赋》:"皎皎贞素,侔夷节兮。"

(3) 倒压波浪清浅:化用姜夔《暗香·旧时月色》"千树压,西湖寒碧"以及林逋《山园小梅》"疏影横斜水清浅,暗香浮动月黄昏"。

(4) 盈盈:形容女子言行举止端庄,仪态万方的样子。此处以女子喻指白梅。褪妆:这里是白梅凋零的意思。《陌上桑》:"盈盈公府步,冉冉府中趋。"

(5) 归辇:此处照应周密《法曲献仙音·吊雪香亭梅》:"翠屏金辇。"归辇喻指南宋时帝王驾幸此地的銮驾。

(6) 荏苒:辗转迁徙。杜甫《宿府》:"风尘荏苒音书

---

① 田汝成:《西湖游览志》,浙江人民出版社,1980年版,第28页。

绝,关塞萧条行路难。"

(7) 征衣:游人之衣。岑参《南楼送卫凭》:"应须乘月去,且为解征衣。"

(8) 铅泪:晶莹清澈的眼泪。李贺《金铜仙人辞汉歌》:"空将汉月出宫门,忆君清泪如铅水。"

(9) 殷勤:情意深厚、热情周到的样子。晏几道《鹧鸪天》:"彩袖殷勤捧玉钟,当年拚却醉颜红。"

词作赏析

王沂孙今存词64首,唱和之作却多达23首,其中与周密唱和之作最多,共计15首,《法曲献仙音·聚景亭梅次草窗韵》恰是王、周二人诸多和作之中的一首。因此,本节将该词放置在宋元之际江山易主的视域之下,从临安文人唱和活动的角度,来审视王沂孙词作的思想内蕴及其所具有的特殊意义。

众所周知,中国历史上发生过三次大规模的人口迁移,第一次发生在魏晋南北朝时期的五胡乱华,第二次发生在唐朝中期的安史之乱,第三次就是北宋靖康之变而终致宋室南渡。伴随这三次北人南迁的政治事件,中原经济文化中心逐渐南移。最终在南宋时,江南地区成为经济文化最为繁荣、最为发达的全国中心。宋室南渡虽是两宋之殇,却为行都临安的经济繁荣、文化兴盛提供了极佳的发展机遇。

　　首先,临安的社会文化氛围呈现出宽松而又开放的特征,这得益于大量流寓而来的北方士人有着形色各异、千姿百态的思想与风俗,临安兼包并蓄地全部吸纳融合,这是思想文化上的积极碰撞。文化宽容开放,促使了众多艺林人士交流更为密切,这是他们积极参与诗文切磋等文艺活动的政治保障。其次,绍兴和议为南宋朝廷换来了暂时的和平环境,有繁荣稳定的社会和朝局做基础,助长了江南士绅耽于世俗污物横流、奢侈浮靡的享乐心态,甚至忘却了北方失地的耻辱。统治者流连山水,大肆兴建园囿。自然园林山水之盛,又为文人雅集提供了活动场所,也是寓杭士人积极参与诗文唱和活动的温床。再次,自李唐来,杭州便以江南山水城市作为审美标签声名于世,白居易居杭亦曾开杭州诗友酬唱的先声,再到北宋柳永有《望海潮》生动地再现了杭州作为繁华都市与自然水韵之美的和谐统一,开始呈现出别具一格的诗性文化美。南宋世俗城市生活的热烈与眷恋湖山歌舞的清雅进一步融合,文人的诗性精神与审美品位也相应地升华了临安的世俗生活。简言之,临安的自然山水、建筑园林乃至世俗行乐都成了文人反复吟咏审美关照下的文化意象,镂刻着集体无意识的诗意审美的人文化烙印,西湖风物与都市享乐的彼此交织,成就了临安文化的城市名片。

文人群体围绕着西湖山水进行的宴集雅会、吟咏唱酬活动，很快成了艺林的新风尚，诗词唱和之风极为兴盛，形成了众多大大小小的诗社、词社，比如上文曾提及的西湖吟社。尤其到了南宋后期，很多文人仕途困顿、无官无职，只得以诗词干谒权贵之门，专门从事诗词创作，或以卖文为生。他们因乞食于高门贵族，充当起了权贵宴游时的词客，彼此有着相似的经历和贫困潦倒的生活境遇，结成了相对固定的交游唱和的寒士诗人（词人）群体。宋亡之后，原本被依附的士大夫阶层也随之分崩离析、衰落沉沦，这些寒士诗人（词人）亦失去了原有的谋生之柱，一贫如洗。士大夫阶层和寒士阶层开始融合，时代巨变又唤起了他们的情感共鸣，都以相同的遗民身份依旧聚集在一起，进行诗词唱和活动。曾经诗文唱和，他们歌以繁华，安享闲逸，追求雅致的情调。宋亡之后，便只剩下追忆似水流年的集体咏叹，宋亡之后的唱和活动竟达到了前所未有的新高潮，这也可以说是"国家不幸诗家幸"。"词"这一文学体裁，是遗民群体经常选择集体咏物的唱和方式，不仅是因为托物言情是中国古代文学的传统，含蓄蕴藉又别有寄托，可以避免元朝严酷的文字狱的迫害。从词学影响来看，这样的创作形式对清代的浙西词派、常州词派、临桂词派都有巨大的影响。甚至到了清末，以朱祖谋先生为首的词人群体所创作的《庚子秋词》

亦承其余绪。南宋遗民通过咏物词来反思追忆表达情感伤痕以获得心灵安慰,他们或发起了《乐府补题》集体咏物活动,以《天香》咏龙涎香、《水龙吟》赋白莲、《摸鱼儿》咏莼、《齐天乐》赋蝉、《桂枝香》咏蟹;或江山览胜、山水寄情而别有怀抱,唤醒了他们遗民身份价值的集体认同感和归属感以及对故国青山丽水、钟灵毓秀的人物的无限怀念,王沂孙就是这些众多遗民唱和群体中的一员。

聚景园咏梅唱和活动,原韵是周密之作《法曲献仙音·吊雪香亭梅》,王沂孙和李彭老都曾参与唱和。前文曾细细分析过周词的文本内容,本节便不再作文本疏通,词之内涵与和作大体类似,读者可以试着自己逐字逐句地分析,通过吟咏体味其词的思想情志,本节主要以分析其艺术特征为主。

清人戈载于《〈王圣与词选〉跋》中有言:"余尝谓白石之词,空前绝后,匪特无可比肩,抑且无从入手。而能学之者,则惟中仙。其词运意高远,吐韵妍和。其气清,故无枯滞之音,其笔超,故有宕往之趣,是真白石入室弟子也。"[①]戈载评价王沂孙时,一是赞美他的词作"运意高远",二是"气清",三是"笔超"。这个评价是相当中肯的,

---

① 戈载:《宋七家词选》,龙榆生编选:《唐宋名家词选》,上海古籍出版社,2009年版,第308页。

我们可以延续戈载的思路,从这三个方面来进行串讲,欣赏他的词作词风。

一是"运意高远",是戈载赞赏王沂孙词作情感真挚、内涵深刻。宋亡之后,王沂孙虽入元短暂地担任过学正一职,但他的词中经常充斥着对过去生活的无限追忆,故国山川的一草一木都时刻萦绕在心。通过哀悼自己不幸的命运——家国沦亡、入元为官,陷入追悔、不安的情绪之中,以一己命运之悲,来反映整个社会沦亡的悲剧现实,突显家破国亡的沧桑之感。这种家国情怀是中国古代文人士大夫最纯正、最高尚的人文情怀,如词中"应忘却明月,夜深归辇",含蓄蕴藉的语言中更见沉痛深挚的情绪。曾是天子驾幸游览的皇家御苑,废弛已久,江山早已旁落异族之手。过去的繁华与辉煌越想忘记却记得越深,痛定思痛,痛何如哉?这正是痛彻心扉的亡国恨。再如"纵有残花,洒征衣、铅泪都满",这里的"残花"是以花喻人,也是古代文学中所惯用的"香草美人"传统。惜花也是惜人,花之零落似人之漂泊无依,王沂孙亡国失家流浪江湖的苦楚是铅泪洒征衣。句中化用了李贺诗作《金铜仙人辞汉歌》,中有"空将汉月出宫门,忆君清泪如铅水",金铜仙人是汉王朝盛而转衰的见证者,借金铜仙人不忍辞别汉阙,状写王沂孙家国兴亡的巨变与江湖沧桑沦落流亡的悲苦之情,这里的"铅泪"与"残花"都是王沂孙移情于物的载体。

二是"气清","气"是中国传统审美理论中基本的概念之一。作为创作主体的词人个性气质的凝练，加之后天创作实践与学养的熏陶，将自己的禀赋借助文本表达而见诸于外的，具有气韵生动、清丽蕴藉的整体艺术风格。"气清"的审美境界，既托之于王沂孙的思想境界——家国之思（见上文），又见诸含蓄迂曲的语言艺术表达和审美意象的清丽脱俗。审美意象的表达柔美婉转，如"层绿峨峨，纤琼皎皎，倒压波浪清浅"，借林逋和姜夔诗词之意，侧面勾勒出水中梅花倒影重重叠叠，烘托出聚景园梅花盛放时高洁清冷的胜境。王沂孙描画以视觉色彩之"绿"和"皎"，鲜明而又有视觉冲击力来营造审美物象的神韵，传神贴切地描绘出梅花雅致孤寒的内蕴特征。"记唤酒寻芳处，盈盈褪妆晚"，"盈盈"一词动态中又能突显出梅花静态时的张力。试想《古诗十九首》之"河汉清且浅，相去复几许？盈盈一水间，脉脉不得语"。"盈盈"之状情韵兼胜，将梅花拟作女子，离别相思，对水无言，纠纠缠缠的情韵，又照应了上文"倒压波浪清浅"。依然是采用"香草美人"的传统，将女子思君与王沂孙思国交织在一起，用语深婉，情辞恳切又留有余韵，足见审美境界格调之高。

三是"笔超"，主要是赞王沂孙词中下语有奇趣，呈现出情思不凡、卓而不群的艺术氛围。王沂孙极其善于感发迷离幽奇的意绪,这样的审美氛围的营造实际上是极难的。以此词为例,王沂孙以美人喻梅花,采用传统的"香草美人"叙事传统,以女子作比,悲苦的漂泊情绪用很克制的语言来表达,深婉中又有自矜的含蓄,如"已消黯,况凄凉近来离思""荏苒一枝春,恨东风人似天远""但殷勤折取,自遣一襟幽怨",等等。王沂孙不用悲愤痛彻心扉的词语来抒发感情,转而让人体味到美人如花般幽独的落寞感,尤其是这一点与周密之作有极大的区别。感伤情绪无须宣泄,而是离群寡欲的惆怅与孤寂,以达到神秘缥缈、徘徊缠绵的审美空灵之境。如上文所解之"盈盈褪妆晚"亦是此理,这也是"哀而不伤,怨而不怒"的古代文学传统的典范,王沂孙以词成之,笔调超迈拔俗,极为难得。

与周密采用对比的手法所不同,王沂孙词作很像一位美人,克制、矜持、腼腆、含蓄,以女子喻梅花,进行比附从而寄予了自己的家国之思。王沂孙既传承发扬了"香草美人"的诗歌传统创作模式,也延续了思妇文本的构建之路进行抒写,这两者其实有时是合二而一的。在构建这样一位思妇时,王沂孙注入了自己的文化品位、价值观、审美观。宋词中以女子的口吻,或以女子比附情感,或以女性代言的情况比比皆是,然而王沂孙将对人生、对社会、对国家的感慨,都投射到了这个女性的形象中去,这个女性就不再是依附于男性想象的柔弱形象,不仅仅是伤春悲秋的春闺怨,而是具备了比以往更深刻的情感意识——这就是常州词派所论及的"寄托比兴"。同时,王沂孙是一位崇雅的词人,下笔精致、力避俗语,生活中亦饶有情韵。因此,该词中的思妇又深具艺术美,便成了一位如梅花般孤洁冷俊清高的女子,不带人间烟火气。王沂孙在该词中所表现的矜持,是他自己雅致意趣的显现。女子的思怨情绪,就如王沂孙心怀故国一样,梅花是王沂孙品格的象征。"哀而不伤",但又有悲剧情感意识;"情兼雅怨",自怜自伤之外尚有悲愤孤怨。这也就是戈载所谓的运意高远,笔超气清。

陈允平

词人小传

陈允平,字君衡,一字衡仲,号西麓,四明鄞县人(今浙江宁波)。陈允平《宋史》无传,生平事迹仅能从诸家著作中的只言片语中,进行考索推断。陈允平生卒年未详,学术界视为比较合理的推论是生于宋宁宗嘉定八年到十三年(1215—1220年),卒年在元贞(1295—1297年)前后。陈允平出生于鄞县官宦世家,少时师从杨简①,经术文章具为通达,曾任余姚令,后官严州。其后,陈允平度过了二十余年的归隐生活,纵情山水,游戏江湖。至德祐年间(约1275—1276年),授为海制置参议官。宋理宗德祐元年(1275年)冬,陈允平与刘义书,约同次年九月起兵海上,船下庆元(今属浙江丽水),以为内应。面对元军入

---

① 杨简(1141—1226年),字敬仲,慈溪(今属浙江宁波)人。南宋理学家,陆九渊其师。致仕后归隐慈湖,遂以慈湖自号,世称慈湖先生,谥"文元"。

侵,陈允平以实际行动奋起反抗,充分诠释了忠贞大义的民族精神。入元后,元朝以征召"人才"之名,强迫陈允平入大都,他拒不受官,终被放还,晚年隐居四明日湖。清人曹廷栋《宋百家诗存》赞为"清风劲节,世尤高之",人品节义为人敬仰。

陈允平填词学周邦彦,属格律派词人。词集两部名为《西麓继周集》和《日湖渔唱》,今有《疆村丛书》刻本,《全宋词》据此本辑录,录存其词共209首。其《西麓继周集》专和清真词韵,共120余首,对周词心摹手追,约略可见。当宋之际,陈允平即富词名,宋人陈思《两宋名贤小集》载其"倚声之作推为特绝"。近人陈廷焯《白雨斋词话》对其极为推崇,褒赞为"词为上乘"。陈允平另有诗集,名为《西麓诗稿》,其诗歌亦颇为可观。陈允平代表作除《西湖十咏》外,尚有《摸鱼儿·西湖送春》《大酺·元夕寓京》《华胥引·涵空斜照》等。

百字令·断桥残雪

凝云氿晓[1],正蘼花才积,荻絮[2]初残。华表翩跹[3]何处鹤,爱吟人在孤山。冻解苔铺,冰融沙瞥[4],谁凭玉勾阑。茸衫毡帽,冷香吹上吟鞍。

将次柳际琼销,梅边粉瘦,添做十分寒。闲踏轻澌[5]来荐菊,半潭新涨微澜。水北峰峦,城阴楼观,留向月中看。巘[6]云深处,好风飞下晴湍。

词作题解

《百字令》,又名《念奴娇》,调名解析见本书《念奴娇·西湖和人韵》。该词选自《全宋词·卷五》(中华书局)。

宋理宗景定四年(1263年),周密曾以《木兰花慢》为词调,分别题咏西湖十景,以之示陈允平,并约其同赋。陈允平亦不同词调题咏而成词十首:《探春·苏堤春晓》《秋霁·平湖秋月》《百字令·断桥残雪》《扫花游·雷峰落照》《八声甘州·曲院风荷》《蓦山溪·花港观鱼》《齐天乐·南屏晚钟》《黄莺儿·柳浪闻莺》《渡江云·三潭印月》《婆罗门引·两峰插云》。事见陈允平《西湖十咏·跋》:"右十景,先辈寄之歌咏者多矣。雪川周公瑾以所作木兰花示予,约同赋,因成。时景定癸亥岁也。"[①]

词作注释

(1) 沍(hù):水因寒冷而冻结。沍晓:寒冷的清晨,桥

---

① 关于《西湖十咏》词作及其本事,可见其词集。陈允平、唐圭璋编:《全宋词》卷五,中华书局,2009年版,第3102-3104页。

边寒气凝结。张衡《思玄赋》:"行积冰之硇硇兮,清泉沍而不流。"

(2)荻絮:荻花的飞絮。荻:水边的草本植物,似芦苇,花期在8—10月,花谢初残时在入冬无疑。杜甫《秋兴八首·其二》:"请看石上藤萝月,已映洲前芦荻花。"

(3)华表:古代中国传统建筑之一,是大型建筑前面做装饰所用的石柱。相传华表是一种图腾,以望柱的形式出现,用以警醒古代帝王勤政爱民。比较著名的华表当属北京天安门前的汉白玉华表。翾跹(xiān):走路不正的样子。杜甫《西阁曝日》:"流离木杪猿,翾跹山颠鹤。"

(4)甃(zhòu):井壁。李白《姑孰十咏·桓公井》:"石甃冷苍苔,寒泉湛孤月。"

(5)澌(sī):形声字,形容水声。

(6)巘(yǎn):大山上的小山。

词作赏析

提到《西湖十咏》,可以先从西湖吟社谈起。它是西湖吟社内一次唱和活动的产物,社内填写《西湖十咏》前后共有三人。最先题咏《西湖十咏》的是张矩(字成子),以《应天长》为调名分咏西湖十处美景,张矩很是自得,自夸道:"是古今词家未能道者。"是时,周密年少气盛,见此十首《应天长》极为不服。苦心孤诣地冥思苦想了六日，和作十首《木兰花慢·西湖十咏》，张矩"惊赏敏妙，许放出一头地"。后又得到杨缵的指点，花费数月改定了十首词作中音律不协的问题。[①] 继张、周之后，又有一位词人应邀填写了《西湖十咏》，就是本节所论述的陈允平，他为了逞技斗才，变换了唱和的形式，用与歌咏美景相关的但又十个不同的词调进行题咏，构思上奇思妙想，想落天外。

从上述事件中，我们不难看出词社诸人对填词的热衷，秉持着严肃认真、一丝不苟的态度，甚至是刻意雕琢，在逞才斗技的词艺切磋中，带上了词人自负与自傲的攀比心理。这其实可以视为，词人们在精神生活领域中，也变相地追求着高雅的审美宗趣，诗意的日常生活中的高雅追求，已经延伸到了艺术生活的精神领域层面。这是宋人乐在其中的"雅玩"生活的艺术消遣，也是宋代文人阶层中普遍存在的"崇雅"心态的表现之一。南宋中后期，越来越多的晋升仕途无望的文人，逐渐充当起勋贵之家的词客，专力为词，逐渐形成了固定的创作团体，集体唱酬的活动日益频繁。"西湖吟社"正是产生于这样一个大环境背景下的文艺性质的团体。它以张枢家为主要的

---

① 周密：《蘋洲渔笛谱》，上海古籍出版社，1989年版，第1页。

固定活动场所,以杨缵、周密等人作为社团骨干,召集了一大批有艺才的墨客,时常雅集唱和赋词。词社诸人通过吟赏西湖风光,不止享受到了单纯的世俗化乐趣,如酒宴歌舞、听歌赋曲在内的娱乐消遣;更进入自然风光的诗意审美中去,如泛舟游湖、寄兴赋怀的纯玩审美享受,这是生活情致上的雅玩。另一方面,"崇雅"的心态还体现在词人艺术造诣、诗文创作的高雅追求,锤炼填词技巧、雕琢字句、严审音律等,都是对自身才情的珍视与赏玩,有着极高的雅玩兴致与情调。因此,"雅化"的心态,不仅仅体现在追求生活水平的层次上,更是对自身的艺术修养提出了一定的要求。在文人的审美鉴赏活动中(游湖赋词等),西湖之美再现于诗词经典中,这其实是文人审美的再创造,印刻上了词人群体的主观审美态度——清雅空灵的文化美。这当然与词社诸人不断地参与赏玩活动分不开,逞技斗才之余,比拼得更多的关键点在于洞察美的敏锐力和审美视角的独特性,从而最终成为吟赏西湖美景的大方家。西湖之美形成了一个关于"雅"的生物链:自然风景之雅——词人品味之雅——人文审美内蕴雅化,西湖雅韵标签的构成,离不开曾经为它雕琢吟咏的词人群体的情感体验与审美创造。

陈允平词作创作于宋理宗景定四年(1263年),下距宋亡仅余十余年,其时正值南宋回光返照式的繁盛时期。

杭州文人包括上文所言及的词社诸人,大部分人都沉浸在歌舞江山、拨弄风月之中,一味求"雅"又耽于享乐、不务实事,只知偏安而不思进取,这是当时文人的缺点,应予以强烈的谴责与批判。但是,在分析雅韵标签的立场上,我们先暂且抛开这些词人群体醉生梦死苟且偷安的政治批判的一面,回到词作的本身中来。

陈允平是西湖吟社内部的一位"玩家",不仅对西湖的十处美景有独特的审美视角,而且词中隐含深刻的情感内蕴。他的《西湖十咏》艺术成就较高,一改其亦步亦趋地唱和周邦彦词作的整体词学风貌。清人陈廷焯①《白雨斋词话》对陈允平《西湖十咏》赞善有加,称其:"西湖十咏,多感时之语,时时寄托,忠厚和平,真可亚于中仙(王沂孙)。下视草窗(周密)十阕,直不足比数矣……似此之类,皆令人思。读之既久,其味弥长。"这是相当高的赞誉了。我们可以试着从三家词作(张矩、周密、陈允平)的比较阅读中,探索陈词的艺术特色,思考常州词派论词名家对他赞赏有加的原因。

　　鹭渐汀晓,篙水涨漪,孤山渐卷云簌。又见岸容舒腊,菱花照新沐。横斜树,香未北。倩点缀、数梢疏玉。

---

① 陈廷焯(1853—1892年),字亦峰,又字伯与,晚清著名词人,承常州词派之余绪,提出"沉郁"之说,主要的观点有"意在笔先,神余言外"。

断肠处,日影轻消,休怨霜竹。　　帘上涌金楼,酒滟酥融,金缕试春曲,最好半残鹁鹁,登临快心目。瑶台梦,春未足。更看取、洒窗填屋。灞桥外,柳下吟鞭,归趁游烛。(张矩《应天长·断桥残雪》)①

觅梅花信息,拥吟袖、暮鞭寒。自放鹤人归,月香水影,诗冷孤山。等闲。泮寒睍暖,看融城、御水到人间。瓦陇竹根更好,柳边小驻游鞍。　　琅玕。半倚云湾。孤棹晚、载诗还。是醉魂醒处,画桥第二,查月初三。东阑。有人步玉,怪冰泥、沁湿锦鸳斑。还见晴波涨绿,谢池梦草相关。(周密《木兰花慢·断桥残雪》)②

在意象选取上,三人都不约而同地选择了格调典雅的意象:如张矩之"篙水涨漪""岸容舒腊,菱花照新沐""数梢疏玉""休怨霜竹"等,周密词作更见幽峭,所用之如"拥吟袖""月香水影,诗冷孤山""半倚云湾""谢池梦草"等,陈允平之"凝云""荻絮""冻解苔铺""冷香""梅边粉瘦"等。他们三人的共同特点是语言雅正温润,清劲而不媚俗,音节停匀协婉,用字精雕细琢,描写景物清丽秀美、体察入微。

在谋篇布局上,他们也都选择了一位虚构的女性形

---

① 唐圭璋:《全宋词》卷五,中华书局,2009 年版,第 3086 页。
② 周密:《蘋洲渔笛谱》,上海古籍出版社,1989 年版,第 3 页。

象代言,将她作为叙述主角,描述了立于断桥之上眺望孤山,意欲雪中探梅的一段叙述情节。构思上大同小异,只是将"桥""梅""雪"等景色贯穿词作始终,甚至都采用了梅妻鹤子的典故。在狭窄而又有限的主题范围内,反复雕琢言说,若论新意的确是不足一提。联系上一节论述王沂孙所说的,以"思妇"传统入词的情况来看,张矩和周密所作之词,就是所论及的"词以女性形象代言的比比皆是"的例证。女性形象被符号化、概念化,缺乏真情实感,是一个想象出来的徒有其表的木偶似的虚幻人物,批量产生,千篇一律。但是,陈廷焯称赞陈允平说他不亚于王沂孙,是因为常州词派论词惯用"兴寄含蓄"为标准,陈允平的词作确实更接近王沂孙,较之张矩与周密更胜一筹。他在司空见惯的主题里,营造出了消沉孤峭的艺术氛围,词作充满了遭逢末世的凄凉之感。

陈允平具有很敏锐的洞察力和极高的鉴赏眼光,他曾隐居不出 20 余年,对于欣赏湖光山色饶有雅兴,这是乐于集体雅玩的文学社团成员所具备的最基本的才情。"凝云冱晓,正蘋花才积,荻絮初残",冬日残雪覆盖之下的断桥,似"蘋花才积"又似"荻絮初残",蘋花与荻絮稀疏轻盈,极似江南给人轻柔的美感,体物细致如斯才能形容妥帖至此。所不同的是,意境营造的审美感受上,陈允平词作所呈现出的是凄美冷峭之感,有着感时伤逝的哀感情绪。"冻解苔铺,冰融沙甃,谁凭玉勾阑",描绘了断桥边颓然衰败的景象,这与张、周二人富于极大的热情所歌咏的西湖意象形成了反差,如张词之"岸容舒腊,菱花照新沐",周词之"泮寒睍暖,看融城、御水到人间",陈允平之作反而体现出了冷寂孤寒的感觉。江南的清秀山水,从张矩之"休怨霜竹",一味追求清雅而自矜身份的克制;到周密所言之"柳边小驻游鞍",追求潇洒的情致;再到陈词之"冷香吹上吟鞍",他不断地在词中交织成清冷凄怨的词境。词之下阕"柳际琼销,梅边粉瘦,添做十分寒",以花自喻,视之"酒滟酥融,金缕试春曲"与"半倚云湾。孤棹晚、载诗还"的欢情与诗兴,柳销梅瘦可算是比较极端的沉痛语了。陈允平哀痛花的萧散与凋零,实际上是痛惜社会现实环境的萧条,"添做十分寒"亦带着一丝伤乱之感。可以说,昙花一现的末世繁华社会里的一丝哀冷萧瑟氛围,被陈允平捕捉到了,感社会风气之先,这也正是陈廷焯说推许的"多感时之语"。若是一味的凄凉愁绪、消沉暗淡,就不会是那个敢于在海上起兵,乘船南下解南宋之危的忠义之士。"水北峰峦,城阴楼观,留向月中看。巘云深处,好风飞下晴湍",陈允平感受到了虚假繁荣之下,如履薄冰般的社会现实的残酷,他没有选择消沉颓唐,更不会逃避现实只知贪图享乐,而是振起颓势、慷慨激昂的豪情壮志。

陈廷焯高度赞赏之言——"时时寄托，忠厚平和"，除却赞许陈允平词作本身立意遥深之外，比之更让人肃然起敬的是，陈允平海上举兵，乘船南下以为内应，用实际行动来抵抗元朝的入侵。此时此刻，陈允平便不再是那个隐居二十年不出、江湖潇洒、寄情山水的隐士，而是一位仗剑江湖、指点江山的战士。这般激昂的敢于战斗的优良作风，是包括张矩和周密二人在内的很多词人，都缺乏的气概与魄力。陈允平真真正正地从行动上践行了传统士大夫文人忠贞不屈的人格信念，自强不息的奋斗精神和矢志不移的爱国情怀。词作的思想立意之高下，正是词人的人生观和思想品质的直观再现。既忠且厚，陈允平当之无愧，与张矩、周密雕琢营营之技，伤春悲秋，自有小大不同。

汪元量

词人小传

汪元量,字大有,号江南倦客、楚狂,钱塘(今杭州)人。汪元量曾藏有一枚赐砚,右刻篆书"水云",因之又自号为"水云子"。汪元量生于宋理宗淳祐元年(1241年),颇具才情,善诗词、通书史。在度宗朝时(1265—1274年),以善著辞章文赋之才随侍掖庭,又因善琴而供奉谢太后、王昭仪(王清惠)。宋亡之后(1276年),随三宫北解入元。元世祖因汪元量能琴,多次召入禁中。文天祥被拘于元大都,汪元量亦曾前往探望,二人诗词互酬,慰藉忠贞之志。汪元量曾作《妾薄命》,以诗慰勉文天祥,又作《拘幽》,文天祥依韵和之,文天祥又为汪元量《行吟》一卷题跋。文天祥慷慨就义后,汪元量作《浮丘道人招魂歌》九首挽之。汪元量屡请为黄冠①,元世祖终许之,于至元

---

① 黄冠:道士的官帽,借指道士。

二十五年(1288年)束发南归,宋旧王室公卿及诸宫人作诗留别。次年抵达钱塘,从此飘零彭蠡间,人莫知所终。汪元量卒年不可确考,大约卒于元仁宗延祐四年(1317年)以后。

汪元量生遭国变,北解十数年,将亡国之恨、去国之苦都付于诗词之中,今不胜昔的幽愤之情、深挚的爱国情怀令人扼腕。因曾在杭州西湖畔丰乐桥外筑"湖山堂",以作湖山归隐之所,其著作冠以堂名为《湖山类稿》,词集名为《水云词》,唐圭璋先生《全宋词》收录其词作33首。汪元量诗词刻本今有汪元量友人刘辰翁所编《湖山类稿》以及清汪森《湖山类稿》《湖山外稿》,鲍氏知不足斋刻本《湖山类稿》及水云集等。关于更详细的汪元量的生平翔实记述,可参见孔凡礼先生《汪元量事迹纪年》。汪元量诗作流传甚多,有480首,绝大多数是宋元易代之际汪元量北解途中所见所闻,《宋史》中对于此段史事语焉不详者,或可从其诗中略见一二,可详读孔凡礼先生《增订湖山类稿》。汪词存世虽少,但其中缘事而发的感伤词作与其诗歌同出一源,另有《水龙吟·淮河舟中夜闻宫人琴声》《满江红·和王昭仪韵》《唐多令·吴江中秋》《啼莺序·重过金陵》等词可作一观。

传言玉女·钱塘元夕

一片风流,今夕与谁同乐?月台花馆,慨尘埃漠漠⁽¹⁾。豪华荡尽,只有青山如洛⁽²⁾。钱塘依旧,潮生潮落。

万点灯光,羞照舞钿歌箔⁽³⁾。玉梅消瘦,恨东皇⁽⁴⁾命薄。昭君泪流,手捻琵琶弦索⁽⁵⁾。离愁聊寄,画楼哀角⁽⁶⁾。

词作题解

该词选自唐圭璋先生《全宋词》[①]。《传言玉女》,词牌名,始见晁冲之《传言玉女·一夜东风》咏元夕,双调74字,押仄韵,此后宋代词人多用此词调咏元夕。《太平广记》卷三引《汉武帝内传》:"帝(汉武帝)闲居承华殿,东方朔、董仲君在侧。忽见一女子,著青衣,美丽非常。帝愕然问之,女对曰:'我墉宫玉女王子登也。向为王母所使,从昆仑山来。'语帝曰:''闻子轻四海之禄,寻道求生,降帝王之位,而屡祷山岳,勤哉!有似可教者也。从今百日

---

① 唐圭璋:《全宋词》卷五,中华书局,2009年版,第3339页。

清斋,不问人事,至七月七日,王母暂来也。'帝下席跪诺。"调名本事即来源于此。①

元夕是元宵节的代称,中国的传统节日之一。因正元十五是一年中的第一个月圆之夜,也称之为上元节,与农历七月十五的"中元节"、十月十五的"下元节"合称三元。元宵节素有夜游赏灯、猜灯谜、吃元宵等传统娱乐活动。

词作注释

(1) 漠漠:密布,布满。李白《菩萨蛮》:"平林漠漠烟如织,寒山一带伤心碧。"

(2) 豪华荡尽,只有青山如洛:化用晚唐许浑《金陵怀古》中"英雄一去豪华尽,惟有青山似洛中"的诗意。人世沧桑,江山易主,繁华一去不返,然而只有这山川景物未曾变过,还如旧时风致。

(3) 钿(diàn):这里指古代女子的一种用金属嵌成花状的首饰。舞钿:舞姬头上所戴之花钿。箔(bó):金箔,金属制成的薄片。舞钿歌箔:形容舞姬歌女所用之配饰十分奢华精美,以比喻宫廷富丽豪华的歌舞场面,令人纸

---

① 转引自谢桃坊:《唐宋词谱粹编》,四川人民出版社,2015 年版,第 81-82 页。

醉金迷。

(4) 东皇:中国古代神话中的神,是民间所信仰的司春之神。屈原据民间祭祀春神乐歌改编而作《九歌·东皇太一》。

(5) 弦索:这里指琵琶上的弦,有时也以弦索代指包括琵琶在内的弦乐器。元稹《连昌宫词》:"夜半月高弦索鸣,贺老琵琶定场屋。"

(6) 哀角:声音悲壮哀楚的角声。杜甫《野老》:"王师未报收东郡,城阙秋生画角哀。"

词作赏析

本书第一章《烟柳暗南浦》之《诉衷情·寒食》中曾论及宋人对庆祝节日的热衷,四时游赏不绝如缕。元宵节延续着春节的游赏氛围,将狂欢的气氛推向了高潮。元宵夜赏花灯、放烟花,易于激发人们的欢庆情绪。更因"金吾不禁"的俗例,是夜允许男女同游,男女老少都可以涌上街头恣意狂欢,乃至通宵达旦。李清照《永遇乐·落日熔金》曾追忆北宋太平盛世时,元宵节众多妇女盛装打扮、夜游嬉戏的欢乐场景,元宵节被称为最热闹的狂欢节。然而,太平盛世时有多纵情狂欢、恣意畅快,濒临国破家亡之境时就有多沉痛悲凉、伤怀抑郁,南渡之后的李清照如是,南宋将亡时的汪元量亦如是。但以此词作为本书压卷之作,亦是繁华终将落幕之意。本书由《望海潮》春日集体狂欢赏乐、清歌泛舞的靡靡之声,再到《传言玉女》遗民群体歌不成歌、曲不成曲的亡国之音,正是盛世走向没落,一代赵宋舞歇歌沉,可得深思。

　　据孔凡礼先生《增订湖山类稿》考证,该词约作于元兵侵入临安之前,中有"慨尘埃漠漠"之句,喻指元兵挥师南下、战火纷飞。长久以来,元夕之夜乃赏灯佳节,火树银花、烟火灿烂,但是身处于元兵铁蹄之下的汪元量已经预感到国之将亡。词之上阕以发问入笔"一片风流,今夕与谁同乐",仲殊也曾说"寒食更风流",这"风流韵致"专属于钟灵毓秀的杭州,江山如画又逢佳节,国之危亡之时,汪元量自然少了游玩的兴致,正如辛弃疾所说"风流总被雨打风吹去",好景不再。"月台花馆,慨尘埃漠漠",一环圆月下的杭州城连花楼酒馆里,汪元量竟感受到了元兵战马南下的杀伐之气,硝烟滚滚。"豪华荡尽,只有青山如洛",化用许浑《金陵怀古》中"英雄一去豪华尽,惟有青山似洛中"的诗意,五胡乱华导致晋室南渡,定都建康(今江苏南京),造成中华南北大分裂的格局。当时南渡入东晋的汉文人怀念故都洛阳,发出"风景不殊,正自有山河之异"的感叹。"只有青山如洛"是朴质语,却有千钧之痛。同样是与异族的对峙,东晋神州陆沉,晋室偏安江左,然而尚有如王导、刘琨、祖逖等有识之士勠力同心,匡扶晋室江山；而南宋偏安临安已是一劫，朝廷上下对抗金一事总有战、和之争，收复旧山河之事每每错失良机。随后蒙古崛起，金朝覆灭，朝廷上下沉浸在虚假的昌盛和平里，殊不知唇亡齿寒。现而今蒙古骑兵侵兵伐宋，不断攻占宋土。青山依旧，可情怀早已不在，汪元量有感于时代先声的敏锐直觉——国之将亡，宋室又将何去何从？"钱塘依旧，潮生潮落"，潮水不知世事，江潮山川不变，却早已换了人间。处于危境想象未来的时光，也许耳边甚至会出现旧日观潮时所听到的潮声，潮水无情人多情，汪元量的哀伤才会显得如此悲凉。

词之下阕采用对比的手法进行多角度的暗写。"万点灯光，羞照舞钿歌箔"，汪元量从没有欢庆气氛的元宵节的失落情绪回到现实中来，街市里张灯结彩、火树银花、歌舞依旧，南宋宫廷依然纸醉金迷，奢侈豪华的歌舞场面让"灯火"都羞愧。以"灯火"自况，不言宋人羞愧反言"灯火羞照"，反衬出汪元量酸楚的心境，对比一也。"玉梅消瘦，恨东皇命薄"，玉梅凋零而恨春光一逝难返，这种伤春惜春的情感是对人生际遇的无可奈何，汪元量借"玉梅"慨叹国事日非、盛世难再，对南宋紧迫的局势的深刻忧虑，担心如今的朝局一如"东皇"一般，随着春暮一去无际最后烟消云散。汪元量哀叹自己的命运终将如凋零不堪的玉梅一般，反观沉溺于"舞钿歌箔"的当权者，对比二也。"昭君泪流,手捻琵琶弦索",运用昭君出塞的典故,汪元量渲染了即将破国亡家的悲怨与惶恐情绪。辛弃疾《贺新郎·赋琵琶》中的"记出塞、黄云堆雪。马上离愁三万里,望昭阳、宫殿孤鸿没"及姜夔《疏影》中的"昭君不惯胡沙远,但暗忆江南江北",亦是相同的写法。汪元量联想到靖康之变后,徽、钦二帝蒙尘,诸后妃沦落北地。如今国家危殆,一旦沦陷于元军铁蹄之下,那么宋室王公将会如靖康之变时的遭遇一般,难逃被俘北上的命运。汪元量是从哀叹一己之凄凉愁苦的命运,转而扩大到悲痛整个国家的哀恸恨事。宋亡后三宫北解入元,竟一语成谶,这大约是历史先觉者的感风气之先的大智慧。"手捻琵琶弦索",暗含"手挥五弦,目送归鸿"诗意,没有极其夸张的动作,却极有韵味。汪元量将人伤心悲苦的忧愁全部寄托于琵琶弦上的神态描摹出来,揉弦与愁思相辅相成,"琵琶弦上说相思",左手揉弦能使琵琶音色更为优美绵长,含情内敛,欲说还休,手上的情绪全部寄托在了琴弦之上,更能塑造悲伤的情绪。汪元量满腔忧国之心,最终只能"离愁聊寄,画楼哀角"而已,用呜咽的边楼角声,激起人的黍离之悲。其中,"画楼"与"哀角"既是视觉与听觉的融合,又形成了一层对比,是丽景与悲情的强烈冲突。眼前虽好,但放眼全国早已满目疮痍,氛围凄凉,体现了汪元量满怀无人能懂的孤独愁情。这首词写得极其凄怨悲凉,悲怆的愁绪通过层层渲染,最终以"画楼哀角"收束全篇,最终的结局其实还是归于绝望。反观太平盛世时宋人的享乐生活,曾是"东风夜放花千树,更吹落、星如雨"的元宵节,现在在汪元量眼里只剩下"画楼哀角",乐与哀的转变竟是这么彻底,让人无所适从。试想上文所举的南宋遗民之作,他们曾几何时可能亦沉醉在纸醉金迷的虚假太平生活里,但是他们忧患飘零、沦落江湖时所追忆书写的帝景繁华又转眼变成荒台废木,其去国之恨、亡国之痛描写得尤为哀感迷离、呜咽满纸。哀伤恐惧的穷愁之音素无小大之分,只能叹息都是千古伤心人罢了。

结　语

　　两宋杭州的文化意蕴其实发生了三重维度的交替变换：城市天堂、敦风怨刺、风俗网格，这三个城市标签彼此相互包含。也许某一个时期，某个文化标签更突出，但不代表其他文化意蕴完全消失，杭州其实是一个多重文化意蕴的综合体。

　　当两宋国力强盛、社会繁荣时，杭州成为人间天堂的代名词，如本书所选之潘阆《酒泉子·长忆钱塘》、柳永《望海·东南形胜》、杨无咎《水龙吟·赵祖文画西湖图，名曰总相宜》、陈允平《西湖十咏》等，词人们流连于杭州四时美景，徜徉其间，留下了大量描写杭州城市风光的词作。词人们在不同的季节，描写了不同的杭州景观，全方位多角度地对展示杭州的人文风情。词人们或实写或虚写，或全面铺陈或拣择重点景观，通过各自不同的审美体验，为杭州城市风貌注入了自身独特的文化个性，杭州的物质山水景观具有了人文山水意蕴,人间天堂的标签更添文化气质。

当两宋统治者贪图享乐,赵宋王朝覆亡之时,杭州又成为词人们劝百讽一的怨刺对象。如本书所选张炎《高阳台·西湖春感》、文及翁《贺新郎·游西湖有感》、辛弃疾《摸鱼儿·观潮上叶丞相》、周密《法曲献仙音·吊雪香亭梅》,等等,杭州成为词人们扼腕叹息的讽怨对象。柳永赞誉杭州为"东南第一州",杭州之美不会因为国家政治命运的变化而有所改变,美就是她美的本身。杭州一度成为人们扼腕的对象,她被贬为销金窝儿,还有人说"东南妩媚,雌了男儿",她美的本身并没有错,然而美则美矣,未尽善焉,错的是沉迷其中消磨意志的人。词人们因为自己的道德责任、政治理想和人生抱负,用政治的眼光来审视杭州时,杭州被打上了敦风怨刺的标签。她变成了辛弃疾收复中原理想难以实现时的惨淡浮云,变成了世人歌舞酣醉时文及翁笔下劝百讽一的对象,变成了张炎、周密等南宋遗民破国亡家之后的心灵归宿。这些词人均借助杭州之美来表达自己的不同的心理状态,或满腔愤懑,或无奈彷徨,或乡怨怀京,或哀悼痛惜。"以我观物,故物皆着我之色彩",杭州成为士人群体家国天下眼光下的政治心态缩影。

两宋社会上下耽于享受人生,乐游其中,人间的赏心乐事似乎尽在赵宋风流，追求格调高雅的生活品位，沉迷节日宴游活动，不知疲倦亦不知岁之将暮。当词人们描摹杭州城的岁月欢声时，似乎又成了杭州市民的风俗舆情展示。如本书所选仲殊《诉衷情·寒食》、俞国宝《风入松》（一春长费买花钱）、潘阆《酒泉子》（长忆观潮）、《传言玉女·钱塘元夕》等等，词人们为我们展示了当时杭州的风俗生态。宋朝元宵节金吾不禁夜，张灯夜游之风，掀起了一年的都市狂欢热潮，想象一下耳熟能详的辛弃疾《青玉案·元夕》；寒食清明期间，市民的春游活动，湖上泛舟，吹奏箫鼓，画船如梭，杭州西湖更是人间最盛的佳丽地；八月十八，钱塘观潮，市民竞相围观，弄潮儿踏浪，手执红旗随波上下飞舞等等，都是杭州市民丰富的娱乐生活的生动再现。不止沉迷于节日狂欢，没有节日时，也要创造节日欢乐海洋般的氛围。前文亦有提及，南宗张镃曾自编了一部"游赏备忘录"，娱乐活动花样之多，令人眼花缭乱。这种风俗习气，甚至影响到了全民的日常生活中，如俞国宝之《风入松》，全社会游乐氛围极其浓厚，连刚入太学的俞国宝亦有所浸染。宋高宗见到他的题词，竟觉其酸腐，这说明皇帝和平民百姓都是具有同一种雅玩心理，形成了君臣同构、天下一体的大寻欢氛围。更甚者，宋高宗认为俞国宝的逸乐情绪还不够彻底、奢靡、雅致，为他改了词作，变相地鼓励市民陷入狂欢中去。

总之,一方面,两宋经济稳定时,促使了市民争相宴乐的风俗习气;另一方面,市民的集体无意识狂欢活动,又助长了杭州成为人间天堂形象的烙印;再进一步深思之,杭州人间天堂的温柔乡,更是催生市民醉生梦死,酣玩岁月,苟且偷安的逸乐情绪的温床;这三个文化标签是环环相扣的,终形成了杭州区域乃至整个宋代社会追求雅玩赏宴的风俗性格。两宋词人们深感杭州的时风习气所在,以不同的眼光来审视,用不同的襟怀来体悟,融入生平遭际而尽情抒写,为我们后人展示了多姿多彩、各式各样的杭州,丰富了杭州地域的风俗个性和文化内涵。

参考文献

[1] 柳永.乐章集校笺(上、下册)[M].上海:上海古籍出版社,2017.

[2] 张先.张先诗词全集(汇校汇注汇评)[M].武汉:崇文书局,2018.

[3] 苏轼.东坡乐府笺[M].上海:上海古籍出版社,2009.

[4] 苏轼.苏轼文集[M].北京:中华书局,1986.

[5] 周邦彦.清真集校注(全二册)[M].北京:中华书局,2007.

[6] 辛弃疾.稼轩词编年笺注(定本)[M].上海:上海古籍出版社,2009.

[7] 刘过.龙洲词[M].上海:上海古籍出版社,1988.

[8] 姜夔.姜白石词编年笺校[M].上海:上海古籍出版社,1981.

[9] 姜夔.姜白石词笺注[M].北京:中华书局,2009.

[10] 吴文英.梦窗词汇校检释集评[M].杭州:浙江古籍出版社,2007.

[11] 周密.蘋洲渔笛谱[M].上海:上海古籍出版社,1989.

[12] 王沂孙.花外集[M].上海:上海古籍出版社,1988.

[13] 张炎.山中白云词[M].北京:中华书局,1983.

[14] 李清照.李清照集笺注[M].上海:上海古籍出版社,2007.

[15] 东方朔.海内十洲记[M]//永瑢,纪昀,等.文渊阁四库全书.台湾:商务印书馆,1986.

[16] 李吉甫.元和郡县志[M]//永瑢,纪昀,等.文渊阁四库全书.台湾:商务印书馆,1986.

[17] 陈郁.藏一话腴[M]//永瑢,纪昀,等.文渊阁四库全书.台湾:商务印书馆,1986.

[18] 张綖.诗馀图谱[M]//永瑢,纪昀,等.文渊阁四库全书.台湾:商务印书馆,1986.

[19] 张炎.词源[M]//唐圭璋.词话丛编.北京:中华书局,2005.

[20] 杨湜.古今词话[M]//唐圭璋.词话丛编.北京:中华书局,2005.

[21] 王灼.碧鸡漫志[M]//唐圭璋.词话丛编.北京:中华书局,2005.

[22] 罗大经. 鹤林玉露[M]. 北京:中华书局,1983.

[23] 沈括. 梦溪笔谈·卷十[M]. 北京:中华书局,2016.

[24] 沈义父. 乐府指迷[M]//唐圭璋. 词话丛编. 北京:中华书局,2005.

[25] 吴自牧. 梦粱录[M]. 上海:古典文学出版社,1957.

[26] 周密. 武林旧事[M]. 郑州:中州古籍出版社,2019.

[27] 周密. 齐东野语[M]. 北京:中华书局,1983.

[28] 田汝成. 西湖游览志[M]. 杭州:浙江人民出版社,1980.

[29] 况周颐. 蕙风词话[M]. 上海:上海古籍出版社,2009.

[30] 宋翔凤. 乐府余论[M]//唐圭璋. 词话丛编. 北京:中华书局,2005.

[31] 周济. 介存斋论词杂著[M]//唐圭璋. 词话丛编. 北京:中华书局,2005.

[32] 郑文焯. 大鹤山人词论[M]//唐圭璋. 词话丛编. 北京:中华书局,2005.

[33] 上疆村民. 宋词三百首笺注[M]. 香港:中华书局,2016.

[34] 王国维. 人间词话[M]. 太原:山西古籍出版社,2002.

[35] 陈廷焯. 白雨斋词话[M]. 北京:人民文学出版

社,1959.

[36] 刘熙载.词概[M]//唐圭璋.词话丛编.北京:中华书局,2005.

[37] 唐圭璋.全宋词[M].北京:中华书局,2009.

[38] 夏承焘.草窗著述考[M]//夏承焘.唐宋词人年谱·周草窗年谱.上海:上海古籍出版社,1979.

[39] 龙榆生.唐宋名家词选[M].上海:上海古籍出版社,2009.

[40] 龙榆生.唐宋词格律[M].上海:上海古籍出版社,2019.

[41] 钱锺书.谈艺录[M].北京:生活·读书·新知三联书店,2008.

[42] 王兆鹏.词学史料学[M].北京:中华书局,2009.

[43] 王兆鹏.唐宋词分类选讲[M].北京:高等教育出版社,2014.

[44] 叶嘉莹.古诗词课[M].北京:生活·读书·新知三联书店,2018.

[45] 叶嘉莹.唐宋词十七讲[M].北京:北京大学出版社,2018.

[46] 杨海明.唐宋词风格论[M].上海:上海文艺出版社,2018.

[47] 杨海明.唐宋词美学[M].南京:江苏教育出版

社,1998.
[48] 杨海明.唐宋词与人生[M].石家庄:河北人民出版社,2002.
[49] 杨海明.唐宋词史[M].南京:江苏古籍出版社,1987.
[50] 韦力.觅词记[M].北京:生活·读书·新知三联书店,2018.
[51] 谢桃坊.唐宋词谱粹编[M].成都:四川人民出版社,2010.
[52] 陶尔夫.梦幻的窗口:梦窗词选[M].北京:商务印书馆,2017.
[53] 薛玉坤.宋词与江南区域文化[M].北京:中国华侨出版社,2007.
[54] 吴晶.西湖诗词[M].杭州:杭州出版社,2005.
[55] 李子荣.细化诗词曲选[M].杭州:杭州出版社,2018.

致　谢

　　写到了这里,终于可以敲上最后一个字——"完",心里感触颇多,脑海里浮现出一句词"数峰清苦,商略黄昏雨"。我已经记不清有多少个夜晚,我坐在书房里拼命敲打键盘,耳边听到了无数次雨打飘窗的声音,有时是狂风暴雨,有时是秋雨缠绵。大约从那时候起,这首词就在我心里烙下了根。

　　2019年,对我来说很是辛苦,心理上也有,生理上也有。但是,一切都已经过去,这本书也将付梓,这让我感到无限地喜悦。从2019年的夏季走到冬季,又从2019年迈进了2020年,我时时刻刻都在和自己较劲,不想辜负这个来之不易的课题。这个课题,也许对很多人来说不值一提,却是我的第一个课题,这本书也是我写的第一本书。大约是第一个孩子,因此,特别亲切。当然,我更不想辜负曾经在苏州大学文学院跟着薛玉坤老师学词的日子,读书期间,感谢老师对我的悉心教导,我才能从中汲取精神营养,凭之收获了一个课题。在写完这本书时,我第一个想到的便是一定要郑重地感谢他,因为太熟悉的人当面说感谢,实在不好意思开口,只能写在书里。其实,每次写致谢的时候,我都生怕别人会看到。但是,不写又无法表达我对他们最衷心的感激之情。若是有幸,老师无意之中看到了这本书,也请见谅,一笑哂之。其次,感谢我的一位学生沈丽,不辞辛苦地到处奔波,为这本书的出版提供了诸多帮助。这样小小的一个她有一双善于发现美的眼睛,使得本书可以用更完美的方式,呈现在各位读者的面前。最后,衷心感谢本书的责编和我部门的同事,在写这本读物期间,他们曾给予我各种各样的帮助和提供启发,为我分享各类资料和提供意见,与我探讨人生短长!

总之,在我成为现在的我的这条生命之路上,感谢每一位我爱过的以及爱过我、帮助过我的人,愿我们彼此无论何时都能记得来有前路,去有归途。